コールサック詩文庫 *vol.18*

斎藤彰吾

詩選集一〇四篇

コールサック社

コールサック詩文庫18　斎藤彰吾詩選集　一〇四篇・目次

詩集『首輪詩集』（斎藤彰吾／渡辺眞吾／高橋昭八郎）
（一九五一年）斎藤彰吾詩・全篇

詩集『榛の木と夜明け』（一九五七年）全篇

詩集『イーハトーボの太陽』（一九八一年）全篇

雑誌・アンソロジーなど発表詩篇

エッセイ・対談

解説

コールサック詩文庫18　斎藤彰吾詩選集　一〇四篇

詩集『首輪詩集』（斎藤彰吾／渡辺眞吾／高橋昭八郎）（一九五一年）斎藤彰吾詩・全篇

＊

樹というバルコンに寄りかかって

僕は詩作品をⅠとⅡに分けたが、此は別段年代的に意味のあるものではなく、唯Ⅱの作品が学校生活を断層化したので、Ⅰとは自ら異にしなければならぬと思ったからだけである。全体としての作品はちぐはぐですから、一つ一つ別の態度で読んで貰いたい。

僕は人間の能力で最も原始的といわれている素直さと誠実さとで詩作を続けて行きたい。僕は大人の分別が大嫌いだ。裸のエスプリ、つまり汚れのない童心の驚きから詩を発見し、秩序のある思考から詩の美を表現するのである。僕は大きな時間の推移を考えたい。過去から現在未来へとつながる時間、空間。これにまつわる人間の意志と運命というものを深く深く掘り下げて行きたい。

雲・風・樹――。立っているものと動いているもの。

それはさまぐ〵な運動を展開することであろう。所詮詩芸術は僕個人の場のみならず多くの人々のためのあたたかさ（光）を包んでいなければならないと思う。

埋没

谷底深く藁屋根の部落を見た。水は遠く流れ、日はすでに西に傾いて、うすら寒い風は吠えるように野末をわたり、遠く亡びた者達を懐かしんでいた。

ぶよが肌についたまま離れない。

暗い丘の斜面では、今朝方からどよもす旗の波が寄せていたが、失ったものの夕闇が訪れると、溶けるようにそれは聞えなくなった。

腐ったえびの第三紀層。

あたり一面不気味な沈黙がながれ、変に不思議な臭いの中で、それを押しのけるかのようなざわめきが時々湧いた。

ざわめきは笑いや嗚咽ではなかった。

こんな時、部落民の土色の頬からは水晶のような涙がしたたたった。太陽の落ちた蒼黒い空に星座のにぶい光が見えはじめたが、もはや人間の眼は再び空を向かなかった。

山に座して

果てしない空から　秋の光かさんさんとふって重畳みの山々を一様に明るくしている。

静かな山頂。鳥の啼かない午後のぬくもり。お前と僕のかけがえのない形象。どこにこんな満ちたりたひそやかさがあるのだろう。

凝っと岩の窪みに腰かけて　この山のずっと向うの海のことや　この山の一帯がむかし寺院趾であったということを　ぼんやりと語る。白いシーツの雲がゆったりと空を流れている。

岩の裂け目から這っている蔓草。お前の背後には古びた家族制度が冬空のような重さで、ずっしりと絡っている。釘着けられた村の慣習。萱ぶき屋根の厚味。お前はそこに従順に身を横たえようとするのだろうか。

木の葉を乱して風がどっとやって来た。お前の髪も風にそよいだ。日が翳ると山山は何と暗くなるのか。急に冷々としたよそよそしさが漲ぎってくる気配に僕らはお互い身を埋め合った。

斜面の藪という藪がしきりにざわめきを繰返している。もう直き冬がくるのだ。あの長い冬が〈僕らの体温〉〈小さな約束〉

六月の精神

風が涼しい水色をこぼして過ぎて行く
さっき黒雲と一緒に走っていった雨
トタン屋根を激しく鳴らし
若葉を一層緑にさせて
それは低い北上の山地を越えていった

浅い水溜り
葉がさらさら揺れて
明るい光は
天に天に続いている
けだものに引き裂かれたような真綿の雲が
僅か天の片隅に浮いて
青色一杯の天である

僕は背伸びする
あたり一面
生き物の元気な運動が始まる

漲っている生気をぢかに感じて
葉蔭に居ると
全身が緑になったよう

ぜんまいが一瞬弾けてくる強さで
希望がぷっくりふくれてくる
〈器械体操をしたい〉
〈大地に立っている幸福〉*

六月の季節に包まれながら
僕は僕の存在を明確に摑むのだ

＊高橋与平の俳句より

材木置場

大鳥が翼をひろげて休んでいるような
材木置場
一日中
ここで子供らは
まゝごとや本読みをしている

雨がきて
さあっと晴れあがると
子供らは口々に
なあんだ天気雨かとはやし立てる
空には
もう巨きな雲が威勢よく浮んでいる

夕暮どき
子供らは
兄さんや姉さんの呼声に
ひかれて帰って行く

そうして材木置場はしいんとして
暗く寂しい夜に溶けてゆくのである

黒い西洋貴族

――ある友に寄せて――

君を見ていると
心の底から温泉が湧き出す
話をすると

それが湯滴となって僕の皮膚に沁みる
時には君も僕も火山爆発をよくやった

君は風のような貴族だよ
僕が困った顔をしていると
君はだまってバナナを突き出したり
ノルウェーの鯨の骨をかついで来たりする
僕は君を知っているから
知らんふりさ

春の光
青草の上

黒い西洋貴族が仰向けに寝転んでいる
奴の眼には
大空の雲が思い出に見えるのか
不思議な静物画のような姿態で
うっとりと雲の流れを見ている
〈ほう　神様のよう〉

地面《べた》

I

薔薇の花咲く地面《べた》
あざみの棘の落ちる地面《べた》

地面に種子《たね》を蒔く
地面を鍬で掘り起す

地面に天から雨が降る雪が降る
太陽の光りがばらまかれる

風の吹く平ぺったい地面に男と女が坐る

II

地面に足がある
大きく投げ出された人間の手がある

山脈を見ろ
あのふくもりと重疊と長い系列とを

樹木を見ろ
あの空に向って枝を張ったエネルギーを

人間　山脈　樹木の下で
地べたは黙って物を視ている

思い出

あくびは僕の天國。眠りの誘いに天下泰平
ピストルのように向けられた先生の指。僕は先生の
服の下で子犬のように縮こんでいた。心臓に太平洋
の暴風雨が逆まき、びんたの来るのを氷のように観
念していた。

〈SAITO　お前眠いのか　眠いのなら
　眼覚ましにグランドを走ってこい〉

足を屋外に突き出すと　六月の匂いに全身がむせた。
初々しく戦闘帽をかぶり　ゲートルを巻いた新入生
の僕に　まわりの緑が威勢よく飛びかかって来た。

三百米。ぐるり。僕は宙に足掻いて風を切った。ほ
ろりとした少年の口惜し涙の中に　風景は変に歪み
眠気は微塵となって四散した。

校歌

胸を膨らませて歌う校歌
瞳孔キラキラ
道の中國《なかくに》と歌い出す校歌

中学一年の入学式
そうだった
あの時ゆすぶった波のような感激は
今なお僕の胸に淘々と湧き起る
校歌を歌う澄明な感情よ
校歌はいつも胸の底で生きている

メロディーの逞しさを横溢させて
心に少年のセンチメンタリィーを忍ばせる校歌
ともすれば崩れかかる希望に
激励の言葉を降らせる校歌

人間の未完成

おごることのない黙々とした努力
忍耐　希望
校歌は素晴らしい温床だ

校歌を歌う
胸を膨らませて校歌を歌う
おお強く胚腑を搏ってくるのは
二十有余年
刻みこまれた先輩の意志的掌《ポオム》――
岩手県立黒沢尻中学校の伝統である。

卒業（1）

ミンミン蟬が鳴いた
ミンミン蟬が鳴いた
ミンミン蟬が鳴いた
ミンミン蟬が鳴いた
ミンミン蟬が鳴いた

ミンミン蟬が鳴いた

こおろぎ　ころり
こおろぎ　ころり
冬嵐

卒業（2）

会うと
顔をそむけていた奴までも
いつか微笑をくゆらすようになった

人間的なつながり
おたがい人間の心に触れる暖かさとは
こんなものなんだろうか

温床咲きの水仙が
窓辺の机で
ほんのり　匂っている卒業日の朝である

黒沢尻高等学校

六年間　コンクリイトの建物に通った
それは一つの水の流れ
様々と消えてゆく月日の速度
いとおしい程
自己の質量へ軽蔑のつばを吐いていたが
今静かに
化石となった過去というものに
自己をねかせてみると
望みは三角洲《デルタ》の広がりの心強さだ

黒沢尻高等学校
ああ
丘は盛りあがる盛りあがる
四季の座の松の木立よ
春の桜花爛漫よ

黒沢尻高等学校

さようなら
さようなら
黒沢尻高等学校は
はっきりと僕の心に位置を着ける

詩集『榛の木と夜明け』（一九五七年）全篇

褐色のための記憶

ドアを開けた時　笑みを見せなければならなかった
ぼくんが　笑みを急激に止めた　みんなが黙って深
刻な時間を喰べている　窓は水曜日の黄金色の午前
だというのに　叱られている叱られて暗い　飼主が
犬をさとすように　先生の声　だけど持前の薔薇の
刺の痛みだ　首の辺がくすぐったい快感　叱られて
も叱られても起きる　まろびながら　とびかかるよ
うに起きるんだが

今朝　ぼくんは遅刻して　周章てながら室へ入った
　罰で両手にバケツ持たせられるのかと思ったら
みんなが一様に叱られている　何かよくないことで
もしたのかな？　息を吹きかえしたぼくんの意識の
内を　素早い　イナビカリ　イナビカリ！　針の塊
の落雷！

先生が怒っている
先生がスカートの下で　癇癪玉を踏んづけた先生の
　肢体がピリピリ発光して眉毛醜い
ぼくん　笑ってやれ
ぼくん　めつむって　先生のかお見ない

ぼくんは静座してあおぎ　天井のテックスの桝目を
丹念に数えたり　掛算したりしていた　ひどく永い
時間　湖水で洗われていたぼくんの頭　教壇に向く
と　先生の眼が泣いている　鮭の中身を覗かせたよ
うに　ぼくんを見ているような瞳孔　いやぼくんで
はない　あたりを見廻した　みんなは不思議に首を
下げたまま動かない　ぼくんは　又天井をあおぎ正
方形の組合わせなど考えていた　すると馬の蹄の音
がして来た　ぼくんの耳は充血し天井にかぶさるよ
うになった　蹄の音はそれっきりしか聴えなくなっ
た

しばらく　しんとしていた　森の童話でも先生話して下さればいいのに　室の隅から女の子の泣き声がして来た　真似のように男の子も泣きはじめた　教室中がわあわあ濡れた手足で氾濫した　男の子のポケットにある小石は小石でなくなった　髪の毛の上の色とりどりのリボンが鳥になり　旗のある空へ飛んでいった　女の子が男の子になり　男の子は神の子のようになり　むせかえっていた　学校が泪のオルガンとなって割れた朝　そうだ　大きな戦争がはじまった年

影

思い出していると
見えなくなるのです
親しい戦死者たちが
鳥は
朝のひかりをついばんでいました
枯木と空の間を　本当に素直に駈けていました

数え切れない
衝動の衝動のためでしょうか
衝動はどこから起きるのでしょうか

何気なく　母は涙するのです
ぼくのいる時間
怒ります

誰も見てない前で
止るんです

時計の針が
珠数つなぎに狂ったんです
狂わせられたんです
生を彩る
系列が

星が通っていったあとの
林でもない
海でもない
炭酸ガス
ふりこめた　タールの路上
母は手をさしのべておりました
喉を割く　子のために
子の胸を走る鼠のために

家は　なに?
幸福がそこにあるの
木立の闇に潜む
いくつかの　機雷

です
です
見えなくなるんです
跡かたもなくなったんです
王の姿も
まったく強引な城でしたのに
はりつめた神経をはった　豊穣の大地でしたのに

です
です
見えなくなるんです
物に入りこんだ人
人に入りこんで消えない物

です
です
見えないと思った　束の間
おびただしいモノローグの

絶叫が町のへりをめぐっている
ごく自然に溶解する石の動物の電気椅子のマスクの
鳥は空を記憶しない

生活

われは　いつも　そこに居た
見えない　七匹の山羊を連れて
見えない　塔のある道を目指して

そこから　踏み外れようとしても
かえってくるのは　われとわれの似たような
髭のある　疲れた駈落ちだった

お人が良くて
窓の黄昏に　よく来たものだ
鴉がまいた　灰の勲章
われに　よく似合った
われは　見届けた
どうにもならない
人さまの　もつれを
川岸に　うつ　雷雨

父は去った
土台を移さなければならなかった
老いた母は　腕の骨折った
けれど　父母よ
わが　ささやかな砦に花市場
朝に
　　昼に　夕に
両輪を押している　若い男と女
父母よ
眼を痛ませるな
ほら　バケツいっぱいの
あなたたちの井戸から汲んで来た清水

予期し難い　わが相剋
古色のうらみは　ときとして口に刃を含み
他人の胸に　矢をつがえようとする
　もし
そこの旅人
口うるさい　町の衆

正面に来て
われらを見て下さい
憐愍を
噂を　買いましょう

誰かを追っている
誰かの声
山また山の夜明け方のプリズムの移動
見えない七匹の山羊が啼いている

歌ってあげよう
小さな貨車の窓から
最初は少し深刻な月末の会計報告
それから　うぐいすが飛んでくる
損した話やくつくつ煮立つような思い出し笑いや
夜々星の数え歌

薄ら明りは　二人の　にじんだ瞼をうかばせて
二人は　同じ皿を手にする

ふと　見やる
あの幾重にも凍えている
檻のような
空――

空の碑銘

ひとつのところ
そこだけは
エメラルドを集めてもえていた
人間の額のように　ぼくは見つめ
餓鬼！　と怒鳴りつけられ
地の上の　陽にそむき
あるいた

博物館で
ぼくらは笑った
笑ったと思うと　また笑った
一年中　壁の中がカラカラに渇くほど
喧嘩をした
ぼくらのぐるは学校のブラックリスト
時計のガラスが割れ
鴨が鳴きつづけた桜の沼の夜

そうだ
火の嵐から来た毛色のちがう脛
母は倒された
ぼくは子供
月の夜半
眼を開けたまま外へとばされた
ぼくは見るための眼になった

眼で送る　夕影
一九三〇年代製の茶色の机の
引出しに
蜂と遊んだ　梨の葉がいちまい
ぼくは理由なくいなくなった

胴までしか写らなくなった鏡
幼なともだちとの皮膚には厚いなめし皮
ともだちは水源地の番人をしている
ともだちは雪の林で灰色の兎をつかまえて来た
三人集まって　食べた

三人は味気なく顔を見合わせた
いくら噛みしめても旨くなかった

すぎていった
すぎていったものたちの
あらゆる箇所から鳴っている
記憶の赤い電話
三人の日々と
ぼくらの日々が
同じもののように
異るもののぶっつかり合いのように
奇妙な叫びを上げて
……すぎていった

船

――高熱の日――

ぐらり赤茶けた　ぼくの船体が
青い　巨大な波間にゆらいでいると
ぼくの吃水線の傍で
「オ母サン　オ母サーン……」と
何ども叫ぶ声がするんです
夜半でしたから月の童子が光にはぐれて
泣いてるのではないかと
象のようにふわり耳立ててみたんです
するとどうでしょう

「氷砂糖ホシイ　氷砂糖ホシイ」と
人らしい声がするんです
……人の声ですよ
救命具用意して　デッキから覗きこむと
髭もじゃらで　顔中目玉だけの男が手を上げてました
体は楕円で脚がありませんでした
波頭に乗りながら
曇天をはめこんだような目玉が
だまって　ぼくを見ているのです
少し離れると　男は船を追いかけてくるのです
海の幽霊ではないかと膝ががくがくしましたが
何しろ　この船体は
煙突もマストも　いびつな童話性を帯びていました
暴風雨が一掻きでも押し寄せりゃあ
御陀仏ものでしたから
この男　どんな力があるのだろう――
ぼくは　潜水服姿で男を睥睨《へいげい》しました
煙草を一服　雲に向けて吸い
「氷砂糖など　ないぞ」と　塩を投げてやりました
男は目玉いっぱいに泡を出しはじめました
「アウ　アウ
オ　オ母サーン　オ母サーン」と体もろとも叫びました

赤いチョッキのボイラーマンの体温は
三九度九分です
イソギンチャクの顔した　船長の命令で
船は　ピッチを上げて
でこぼこな海を潜ぐって滑りました
望遠鏡に現われる　島影を
十ばかり　突き離せば
ぼくの船は　直き南洋の港です
泳ぎつかれ　魚になれない魚のような男は
蚊の鳴くような細声で　なお叫んでいました
間もなく
男の目玉から　白い鳥が飛び立ち
空の奥から　スクリュウのわななきがきこえました
男は　ガクンと首を垂れ
手だけを残して沈みました
手は　海の樹になりました

雷

城館の草藪で　ぼくは妙な寂寥のとりことなり　膝の骨をこわばらせた　ばったり雷と出遭ったのだ　とっさにしゃっぽをとって頭を下げていた　先生の顔付をして世界地図を広げて見せた　これからちょっと黄金海岸まで雨降らせにね　どうも忘れっぽくて　光る道具をとりに行くんだ　と頭かきかき巨きな碧いめだまを　ぼくに向けてしゃべっていた
　額に氷片の唾がとんで来た　さてニッポンもこれから鳴り出すな　雀がないている　赤い長方形の岩蔭から雷は消えた　ぼくはタンポポの原っぱを家のように歩いていた　空はオレンジにぼやけたレンズ
　崖の雲がひだを重ねて動いている　ぼくはポケットから父の形見のハモニカをとり出し　ドレミファの音符を風にとばした崖の雲から梯子がするするとおりて来た

車輪

そうです　出来ることなら貴方のように　若者らしく手をふって坂をのぼったり　橋を渡って向うの伯父の家へ歩いて行きたかったのです　私はゆっくりと生きたかった　真剣に生きながら噛みしめたいものが私に在ったのです　未だ部分品であった頃　私は煙突を見て張り裂けるような勇気を感じたのです

　同時に軸から泪があふれ出もしたのです　いま私はスピードを恐れる　無数の引力と機械が私を井戸の中へ連れこむ　私はこんなにスピードに疲れ　よれよれになり　磨滅してもう使用不能になったのです　全く裏切られた俳優のように　〈一九五三年七月一日〉　これが私の生れた製作年月日です　私は猫の死骸とかかんづめかんとかといっしょに　湿った地面に投げ出されてしまったのです　明るい日や風雨の明け暮れ　私はこうしてここにじっと伏しながら　雲をくわえて　まっしぐらにおちるひばりを見たり　夕焼に滲んだ人間の影を追跡したり　星の夜は　ミルキイウェイの流域までのぼってゆかれないものかと　ひたすらおもいつめたこともありました

問

――もしくは音楽――

いったい　お前は誰だ　というと
鏡がしゃべるのさ
いったい　お前は誰なんだ　となお前は　どこかに行ってしまったはずだ
そこに居る
お前は　おれの影なんだろう　というと

鏡は　動き出して来たのさ
おいおい　何をする
おれは　無鉄砲に
金槌出して　その　鏡をぶったんだ
力いっぱい　なんべんもなんべんも
だが　鏡は……

こっちへ　じりじり　にじり寄ってくるではないか

青春

去年の蟬殻が
僕の腎臓で
いまだに　噛じるフォームをしている

●

痛いと思わなかった　今日の痛み
青空との訣別
僕は隠れ家で母に手紙した
――見つけました
――友達のように話している中に　だまりこくってしまい
――手と眼を立ちどころに失くしました

●

多く　何のために囁いたか
釣竿で　空に居る魚を探した
桐の木のてっぺんまで　釣竿をのぼらせた

少年は憎らしくて蜘蛛を殺した
少年は憎らしくて蜘蛛を殺した
草色の壁のおちた町で
鐘だけが　地の底から鳴り響いていた

●

飛行兵
――雲から死に損なったんだよ
――抱いておくれ
――この首があるばっかりに　出て行けない
屋根が雨にぬれ
燃やそうか　藁束

●

赤いナプキンは　誰の血の色でもない

序曲

雨は　雨の言葉をひびかせて
蓑《みの》もない　このでこぼこな地球にふりそそぐのだが
また　今日も
打ちのめされた痛みに疲れ
逃亡も出来ず
橋を帰る　ぼくたち
街に灯がつき
子供のいないメリイゴウランドは廻り
（ぼくたちは思い出していた……）
声を出して
人間であることの
昨日　それがたった一つの希望だったと
樺色の褪せた夕焼けが　片隅の内部を照らしていた
壊れた椅子に　自分の小さな位置を見出すと
公園は
ペリカンの血の噴水だ

おおきな戦争が　夏の間に終りを告げて
ほうたいをしたぼくたちが　離れ離れに集って来た
　のは
額をかすめる
油だらけの車輪の空でもあったようであり
壁一つ隔てた場所の
柿のしぶに染った朝
患者のうめきのように羽搏いて去った
鳥の影であったかとも思われる

やけどした空から雨がふり
体中　あかだらけの　ぼくたちは
黒い棒杭と化した
街路樹の姿を
並んで見ていた
かよわい腕から
いま　芽を吹き出している樹を見て居た
――汗も夢もぐっしょりぬれながら
ほんとうに生きて居るのは

どっちなのか
街全体は屍体置場ではないか
ぼくたち
狙撃されて歌えない
目だけが　不思議な優しい色をして
物覚えの悪い少年のように
うつろに　繰返していた
一プラス一は　三
一プラス一は　三……

ある絵図

月の向うは　おうとつになった砂だらけの地球だ
幻影の行政官庁で
亡霊の彼が　針金の肩章つけ　人びとの尻を鞭うっ
　て
うろつき
亡霊の多数の　しなびた手が
満足したように　紙幣など摑んで
赤く　ぎらつく　雲の下　わめき

――お父さん　あれ　なに?
お月さんだよ
――氷詰めにされたひまわりみたい
昔　あそこに兎がいて　餅をついていたの
でも　いまいなくなった
――あたし　兎になろうかしら
或る日　僕は　入っていった

陽気な唄を　歌いながら　女のまっくらい瞳へ
花らしい美しい花を見つけに
　と
女の瞳孔の奥から
鰐のニッポン列島
ロッキー山脈が這い上り
見る間に　大轟音を発して飛散した
僕の眼　異様に膨脹
いったいどうしたんだ?
たくさんのみみずが　くまどりに密集してぶら下った
僕は妊娠した

午後五時　水の出なくなった街々で
白けた　サイレンが鳴っている
だが　もう駄目さ
もっともらしく博士達は言うのだけれど
深い地下壕に　もぐったけれど
妙に黄ばんだ空を
痩せた　鳥類一羽

黒い樹木の上を大儀に飛んでいる
レールから横倒しになった満員電車もある

（いつかの日
　から松林を渡っていった
　腹部　くっきりと白い　一匹の栗鼠）
巨大な嵐は
間もなく

墓碑銘

榛の木が　最後の時代のように燃えた
黒い炎
それを見ていたのは　不運な老軍医だった
彼が加療した傷の戦士たちは
ひとり残らず死んでいった
砂州にのけぞって
時間を象徴している　砲車
星は　すべて撃たれた

若者の影が列を組んでいる
永遠に帰還出来ない土地
濁って　苦患する空は
青くすきとおった　若者の歌を
一節だに　掬うことも出来ない

榛の木——
幾年間かののち　そこに

再び生い茂ったとしても
それは幻の木であろう
誰かの手製の　キノコであろう
誰が？
どうして？
ここに　鍬を入れ
緑の森と草原をひろげることが出来よう

血の色の煉瓦をつくるなら未だしも
今は見えなくなった
骨を下にして
どうして　木は立つことが出来よう

戸口

ふかい人生の溜息を
夜の喉に　吐き散らしている
白の　あなたの　雪
風は空に吸いとられ
石を敷きつめた
とおい　国境の林から
そっと　耳うちして訪れる
あなたの言葉
——昔　あなたはbelleだった

歳月

どんなに可能であったか
(手にし　耳におしつけた　電話のおののき)
コップの中の藻草は　貴女の言葉
枯れた時間の枝から　愛が目覚め

どんなに乏しかったたか
(配給された　ぼくの頭)
負債は海一面の樽　判事の首
何度目かの　水平線　揺られながら越えよう

どんなに与えることを余儀なくされたか
(美しかったから　何よりも完全だったたから)
今でも遅くはないよ　きっと
でも駄目——海へ落した櫂

どんなに可能であったか
(ぼくの動詞　火を噴いていた機関車)
しめっぽく振子が外で音を立て
さわやかだった若葉の軌跡は走らない

どんなに忘れることができたか
(塀に沿った長い路　朝顔の微笑)
月の樹下　傷つけたよ　唇
世界が割れて　夏の虹は檻の中で見えかくれした

愛って?
(何——)
消ゴムと消ゴムの衝突?
顔があって　数字がのこる　黒板?

九月のテープが　胸の波止場で切れる
うずくまる　想いつめた心臓
(はじめての　この重さ)
分けようとしても　ぼくだけだ

狂えば　笑うこともできるだろうが

豊かな黒髪が語る　拳銃《コルト》
貴女である肖像

わが種山ガ原

ひとつ
くも

みっつ
くも

コバルトの
宙の底を　せせらぎがながれている

種山ガ原と
誰かが　風に呟くと
遠い山たちが近づいて　頬に草を寄せてくれる

ぼくら
バレーボールに弾む
若い生理
りんどうを手に

蛇紋岩の突端を走っていこう
心に
君の
窓ガラス　叩き
十月のひざしが　ぼくらの血管に注ぎこむ

おお
野の蔭の　あちこちから
きこえてくる
ともだちの声
山葡萄のように
くるくるつながっている
顔　かお　顔
みんな笑っている
みんな青い空を地中海のように覗きこんでいる
ぼくら
ひとりひとりの
水中めがねで

ひとつ
くも
よっつ
山羊を護送中のくも
ひとつ
くも

風がトップスピードで
高原の陵線をわたってくると
額の髪も
草たちも　みんな風に同感する
風のなかで　息を吐く
おい　眠っちゃいかんぞ
巨きなマントの雲が
君を生け捕りに来るだろう

あっちは気仙
こっちは上閉伊
そして　ぼくの立っている岩場は江刺だ
(仲間の足並みがずっとつづいてくる……)

天のはずれは
白い柱だろう
カメラを据えると
そこは　ギリシャの街角だろう
アテネの人民が
美しいアルトで
地球の歌をうたっている
ピクニック
ぼくらは
魔法瓶に　人魚の雲を入れて来た

ひとつ
くも

みっつ
くも

種山ガ原は
どこかしら？　と
きいてみたくなるほど
空といっしょの
原っぱだ
サーチライトを浴びた　真昼の日曜日
人間のにおいで　むんむんしている

川岸《かし》のおばさん方
――よく　ここまでのぼって来ましたね
あれから十年以上もたっているのに
まるっきり　変りませんね

ここへ来たら　若くなったようですよ
そう言う　ぼく　分りますか？
そうです　そうです

鼻をたらしていたトモスケの息子ですよ
大きくなったでしょう
　その怪訝な顔　写真に撮りましょうか

ひとつ
くも
みっつ
くも
くも
……くも

てんにょが馬を盗んで駈けている

あっかんの
にぎりしめた　けんじゅうから
雲が生れてる

墜ちてこないか
人首丸《ひとかべまる》の手に

ひとつ
くも

みっつ
世界を孤独にさせながら
天を愛撫している
くも

雨のイリュージョン ―エピソード風に―

雨と酔っぱらいとは　つきものだった
雨と腫れ物とは　いつもいっしょだった
くどくど
泣かせる　奥さんに
雨は　こまぎれの肉になって急ぎ降った

黒いインクの泌みた夜更け
酔っぱらいは　頭にすぽっと入る長靴を買って来た
幼稚園の娘の土産に
そして家を一週間も裏切って来た報いに
オイルスタンドの横で
ピカピカ光る　大きな長靴を買って来た

雨は朝方まで手をのばして降っていた
空気はオイルのにおいがして
虹も
銀行の煙突も逆しまに吊り下げられた

幼稚園の門の前で
女の子は悲鳴を上げていました
だが
ともだちも
園長さんも
女の子の机と椅子も
高いポプラも
その声を聴くことはできませんでした
長靴に雨水が溜り　海のように深かったから
女の子はひとりでけんめいにもがいているのでした
ともだちが歌をうたって通りました
園長さんは不思議そうに　暫く立って覗こうとしました
――まあ　変な長靴が立っていること
――どうしたわけでしょう？
――警察に届けなくっちゃ
園長さんは蝙蝠傘かしがせ急いで行きました
雨は　たいそう景気よく降ってました
長靴の水は
どんどん増えて　街にひろがりそうでした

結婚

昔　夕陽を浴びて結婚したようにおもう
小さな空の下
あまりに若い二人は　影絵のように立っていたからだ
おど　という　おとこ
おかか　という　にょしように
遠からずなってしまう　決定
押しつけられて
頭も腹もぺしゃんこになってしまったのだろう
こやしをいじる手で亭主を抱いた
十六才で子供を産んだ
田をつくるより　ずっとましなことだった

川に　白い石が光って
タンポポがゆれた
土橋をわたっていったのは
花で飾られた馬車だった

そのぼくは　やせてあめ色のカマキリだった
その日まで　家具代をかせごうと
よる昼　はたらいた
紋付はかまは　本家から借用に及んだ
ぼくは　笑い声ひとつとて出さなかった
おてんとさんを憎んだ
ほいほいという声が　いつまでも追っかけて来た

その女は　谷間の水を吸った
瞳のきれいなカマキリだった
たたみに並んで坐っても
ぼくの方を見向きもしなかった
女は　ひまあるたび　髪をけずっていたが
風に吹かれているように　ばしゃばしゃしていた

田んぼが
ぜんぶ
砂漠に見えた
そこを二人が掘ったり踏んだりして

生きていくのだった
ばかに箪笥だけがかがやいていた
納屋で　星の映る鏡をやったとき
映画のように　キスをした

囲まれた季節

枝をわなわな
樹たちが　血を流しているとき
枝をわなわな
樹たちが　何かを叫んでいるとき
世界いっぱいの　さむいさむい　きりの谷
樹たちが　空に向ってもっと威勢よく　のびようと
　していいるとき
動けないで　うずくまる　ひとりの女

子供の唄　1

絵本の絵を真似て
画いているうちに
だんだん絵本がさびしいものになって来た
それで　象に
夏の帽子をかぶせたり
黒い鼻緒の下駄をはかせてしまった
人形の指は骨のようだったし
七本にしたら
きっと　人形はよろこぶだろうと思った

お母さんがやって来た
ぼくの画用紙を手にするや
毛虫の眉を逆立てて
ザリザリ裂いてしまった
ぼくは　再び
母の膝小僧へ
頭から突進していった

子供の唄　2

お母さん

山が　身悶えて燃えているよ

まっくらやみの　やみの

どうして　サイレン鳴らないの
消防自動車　走って行かないの

鬼が　山を喰べている

物の音

すると
あっちで　ギラリ
こっちで　ギラリ
鬼の目玉が　見えかくれする

幼キ日へ寄セル歌

母サン　ドコニアリマシタッケ
花ノ庭ガ　花ノイッパイ匂ッテイル庭ガ
庭ノ向ウハ梨畑デ
秋ニナルト　十九本ノ木カラ　大キナ黄イロノ実ガ
　タレサガッテイマシタネ
蜂ガ　メクラメッポウニ飛ビ交イ
僕ノ耳マデ入ッテ来チャッテ
僕　蒼クフルエテ泣イタッケ
空ノ奥　僕誰カニムリムリ引キズラレテ
行ッタッケ
夕暮
アンデルセンノ童話ガ
僕ノ幼イ掌へ
星ノ破片《カケラ》ヲ　墜シテイッタノモ　コノ頃デス
雨嵐ヤ酷イ吹雪ノ日ナド
倒レモセズ　突立ッテイタ
曲リ角ノ背ノッポノ電信柱
頭ニ線ヲ巻キ　イツデモ
遠クカラ　見ツメテイルヨウデシタ

梨畑ノ向ウニハ　川岸観音ノ御堂ガアリ
北上川ガ光ッテ見エマス
暗イ夜ナド
高イ杉木立カラ
梟ノ鳴キ声ガシタモノデシタネ
落武者ノヨウニ　モウ含ンデハイケナイ
哀感ヲ　喉カラシボリ出スヨウニ泣イテマシタネ
（梟ノ眼ハ　何デモヨク見エルノ）
（梟ハ　悪イ子供ヲサラッテ行クノ）

母サン　ドコニアリマシタッケ
歌ヲウタッテイル花ノ庭ガ
ドコマデモ広ガッテイル音ノ世界ガ
母サン
僕ハドウシテカ声モ出ズ
一本ノ樹木ヲ　グルグル駈ケメグッテイタ

友ダチニ　石投ゲテイタ
緑ノ葉　カイクグリ
空ヲ　茂ミカラ覗キ
眩シイ太陽ヲ見ツケ
僕ガ生レタコトノ不思議サヲ
五月ノ　馬ノ蹄デ思イ出シタリ

母サン
長兄《エンナ》　ドコヘ行ッタ
二郎《ジロ》サン　ドコヘ行ッタ
僕ハ　呼ンダ
扁頭腺炎ノ喉ヲフクラマセ
立チドマッテ
アオ空
アオ空ニ
血ノパラシュウト　開クノヲ
声呑ンデ　見テイタ

母サン　ドコニアリマシタッケ
桐ノ木ノアル　僕ノ家
僕ハモウ　夢デシカ行ケナクナッタ
ソコニハ　何モナイノダカラ
ソコニハ　秋過ギタ頃
父ノ肖像ノヨウナ　アケビガ一ツ実ルダケダカラ

馬

馬は寂寥のフォーム
あの　毛並つややかで
ふんばりのよく　きく
体格のいい馬――
雨の中
日曜も月曜もない　真昼
星のちる夜
大砲を牽引し
騎兵隊となり
戦火
馬は傷つく前に　ふきとばされてしまった

まっくろい馬
川で　からだを洗ってやる
栗毛の馬
北の馬市から　新しい主人《あるじ》に曳かれ
夕陽を負って

馬は　知らない土のにおいがする

paka paka paka
あの蹄鉄が　とおくから
祖父の顔　連れて
頼りない地面を　ひびかせて過ぎる時
幼い日の　孤独が
いつまでもレントゲンにのこる

ものおじしないようで
へんに気弱く
音におびえ
お前の内部は　そんなに優しい器械か
おびただしく　こき使われ
お前を見ると
にんじんを思い出す
にんじんを見ると
お前の伝説的な長い顔が　霧の中から
だんだん　近づいてくる

犬・一九五二年

犬は刻明に　その日のことを思い起そうとしていた
地面に額をすりつけながら
忘られぬ傷だらけの生々しい記憶から
今聞えてくる
確実な武器と武器とのひびきから
その日のことを思い起そうとしていた

うろこの雲も　飛ぶ小鳥達も
みどりの樹木や優しい花や草叢も　かって在った白
　い壁の民家　も　住人も犬達も
硝煙下
戦いに　押しこめられ　倒されて
無軌道に狂乱している　光景の底
（誰が　一体）
（誰が　一体あやつっていたのだ）
（その背後）
悪魔どもよ

芝居に　盲鉢巻《めくら》された若者おどり出で
百万の若者　朱にまみれて青春散らし
（誰が　一体）
この死の舞踏をゆさぶっていたのだ
　てんのう・へいか
　てんのう・へいか
それは　余りにも似つかない
血だらけな絶叫であったのだ

犬の腹部に　おぼろな古代民族土器
犬の腹部に　全滅のその日の時刻
犬の腹部に　薔薇の花とアジアの島々
犬の腹部に　字のない　無数の遺言

●

秋がつめたく　この国を流れている
一九五二年　果樹園に林檎実らず
祖国は原色の地
みすぼらしい街のなか　街の硝子の乱反射

ねじがゆるんで　いつも泣き声をたてている木製の
扉　狭い露路裏の生活　そこを開けて入る人の掌
の錆　もしくは豪華なパアテイ　バクテリヤ澱粉
のにおい
……秋が来ている　帽子のかげに
秋が廃兵のように散らばっている
砕かれた　シャンデリヤ貴族のように　それぞれが
　微粒のかげを持ち

●

犬は
風の吹き荒れるに任せた原っぱを彷徨い
枯れた茨を分け入って
その日の惨酷な記録について
人間の蒙った権力の冷害について
呪咀すべきこと　訴えねばならぬ多くのことを
……………………
哀願するように吠え立てた
鋭く稲妻を呼んで
種子出ずる夜明けにも
真夜中の運河の物音にも

火の花びら
斜めに　熱くふりかかる黄昏
犬は
翼わたり行く「時」の未来を想い
曇日の悶えを背負いつづけている
ああ
再び声のない葬送の日は来るか

内出血

動く前「殺すぞ」と囁かれた　意識が黒い棒のよう
に反射した

正面から突進していったのは非常な誤差があった
それは滝を滝と感じないほどの誤差であった　だが
　最初の失敗は　ぼくをさらに肉迫させる結果と
なった　何かがひきずっていったのだ　僕は野良犬
のようにひっぱられていった「確かに　魅力があ
る　興味がある」　僕はそう闇に呟いた

一度バリケードを破り　隙間を這った　が　僕はさ
かんに叩かれ　惨めにも逃亡して来た「殺すぞ」
そう囁かれた前提の言葉が　恐怖を氾濫させたか
僕は顔面をひきつらせ　ゴムのような地面の上で
血だるまになっていた

雪

雪のことを考えよう
白くない雪のことを
黒い雪のことを
戦場で散華していった
天皇陛下万歳と唱えなかった
兵士の叫びのことを
成長しているザクロのしたたりのことを
日に向って　手をさしのべ
のべひろげる　人間の欲求のことを
偽わりをまこととしてしまう　かなしい指の
落日に　にじんだ紅みのことを

　雪がふっている（黒く）
　雪がふっている（黒く）

こちこちとした下界の風物へ
打ちあげられた冷たい流木へ

その世界を洗うざわめく岸辺へ
沖遠く――
ぼくは手を上げる　炎の実体のように
暗闇の黒い雪ふりの中で
とおい夢のような北斗の耀きを　手に印して
ぼくは手を上げる
雪がふっている
　（世界のうごめく倉庫へ）
雪がふっている
黒く　黒く
　耳のない人々のために
　眼のない人々のために
　そのゆたかな睡りのために

ある日ある時

からっとした街
そいつは素晴らしい
腐った僕の身体が
とびっきり上等な神さまになりすまし
考えることもなく
歩をのばしている
街角に誰かの偶像が仰向けに倒れ
さびた勲章の上に　みみずが乾いて死んでいた
何かを摑もうとしたのか
真剣な手が
空に向っていた

からっとした街
機嫌のよい　僕の腕っぷし
彼女は　すくむことなく笑い声立てる
いっぱいの　ひかりの中で
手を上げる

彼女は　僕の見知らぬ時間を携えてくる
ポケットによく匂う明日の本がある

からっとした街
恋人を何べんか欲しいと思った
恋人と背を向け合うことを　何べんかねがった
ほこりを胃袋に吸って
彼女も　やっぱり　もう一人の神さま
行く果てには　だんだん
あいつの顔も
僕の顔も
こんがらかって分らなくなるかもしれない
でこぼこな地球は　この上なく愉快と不愉快

昨夜　友からの打電では
その市府の民衆が
大統領の船を　こぞって沈めたということだ
愉快なことだな
僕も負けん

……さて
靴をならして
からっとした街
いちんど　頭をゆすぶって
今日は
彼女の内部に　沈黙を植えてやれ
も　いちんど　頭をゆすぶって
からっとした街

地鎮祭

下級官吏は列のずっとうしろの方で
低い祝詞に耳を傾むけていた
かれは頭をみんなと同じように下げながら
家の釜戸の　けむりもんもんのなかで
ぶつぶつ飯の煮える音を　懐かしく思い出していた
白い神官は神代の状況を　おごそかに曳こうとして
か
ひじょうに礼儀正しい
午後三時の開会が四時になり
空にはコロッケ型の雲が群れている
町長さん　町会議員　各名士
指も鼻も　真直ぐにして立っております
「地の霊よ」
「濫りに狼藉を働いてはいけない」
神官はいったし
祭壇の　常磐木も林檎も口を揃えていった
やがて　この荒地に立派な庁舎が出来上るだろう

町の発展のため
落成式には　一体どんなことがあるのだろうか？
応急にしつらえた板テーブルに
四合瓶がにょきにょきと生え
参列者は波のようにその方へ流れてゆく

挿話

馬鹿と言われる男が　しゃべっていた
けむりのきせるを　ぽんと叩き
百年も履ける下駄が
おれの床の間に飾ってある　と
その辺の　くだらない下駄なんか
おれの用ではない

来て見らい
見せてやらあ
本当か　と
真顔で訊ねたら
男
うそだと思うか　と
歌いだした
「靴が鳴るう…」の
あの小学校の歌だった

勤め

古蝙蝠の前あしの指のような黒沢尻の町を　黒沢尻のように時間に沿って歩いて行く　虫に似た僕　自動車がくると屋根の下に身をよけ　エライ人が来るとしゃっぽの下から凝っと眼をつけてやる

下駄屋の多い町　そば屋の多い町　商店の旗が向いの店になびく　午前の空　時計屋の白い大時計が八時半を指す頃　僕は町の行政の腹部にしっくりとおさまり　デスクの上の人名簿を物慣れた手つきで開く

草っ原で薔薇の棘に刺された時のような痛みとは又別の　全神経から発散する　僕個人のための利割勘定　ひっころんだり　ひざこぞうをすりむいたり　上役の人に叱られてみたりして　一日の時間はおさえようもなく過去となってしまう　それは実におとなしい地球の兵士の足音なのだが

そうして日暮れがくる　毎日同じ音色の五時を告げるサイレンが　小さなこの町の屋根屋根にひびきわたると　あっちこっち　路から路を伝って　疲れ果てた人々がまるで何かに追いたてられているような
　そわそわした様子で　低い家並みの戸口戸口へ頭からもぐってゆくのである

祭

川岸の観音様の暗い影
人は漣のように集って
幽霊のように去っていった
靴に残す
灯の消えた燈籠
白鳥座が北に羽搏く
風に夏草が折れた夜
寒い楽器を弾く虫
川を渡る舟のあかりに
喪服が小刻みにたれかかる

陶磁器みたいに

陶磁器みたいに
落日に照りかがやいている街々
せわしげに孤独を溶かし　孤独をかき合わせ過ぎて
　行く
肉と骨の　炎のゆらめき
風葬の時間――
誰もが物静かであることを許された
その時　わたしは神話を思っていた
その時　わたしは雲から命令を托された

丘はふしぎにぬらぬらであった
なめくじが先きの旅行者であるのに気付いた
わたしは　何の不安もなく
谷間を背にしていた
その郊外はひどく明るく　なまあたたかく
眼が潰れそうであった
光栄と羞恥は一緒に立ち上って
集ってくる騎士と
サキソホンを天の髄まで　鋭く高く吹いていた
その時　わたしは神話を忘れた
その時　わたしは雲から石を投げられた

やはり　陶磁器みたいな夕焼けが
マッチ箱の人生の　街に在った
ごま粒のわたしが　影を追いかけて走っていた

通信

私のスイッチは
青い夜の風景に切換えられます
リヤス式三陸海岸の
地球生誕当時の波
過去から
私は薔薇の芽になります

朝　顔を洗うと
スコールと虹のかけらが落ちて来て
あれの匂いがちらつきました
マオリ族は心優しい民族です
オーストラリヤの沙漠から　ずっと離れた牧野に
つつましい彫刻の家を建てたのも
その花のような一家族でした

赤道南の星の下
露のように生れてくるマオリの子らは
さりげない手足を　背中を　胸を
誕生日のように初々しく
太陽の直射に射貫かれるのです

暑い日盛りに
私達はカンガルーをお供に連れて
噴水のような水遊びをします
或る日
小川の岸辺から
マンモスの牙を掘りあてた時は
さすがに私達は大はしゃぎでした

手を打って
そうです
地球のお祭りを空一杯にやったのです
私達の部落には
二十世紀の世界の
暗い喧嘩なんか全くありません

秋から冬へのサキソホーン

鳴らせ　サキソホーン
こおろぎやかぶと虫の死のために
失った　みどり色の夢のため
葡萄園の新しい孤独のため
秋の斑日
二度目の若い自殺のため

重い冬空　集っている陰欝
だあれもいない梢　石垣の外の人通り
風が　影をひきずってすべる
雲の靴が　フロシキになった
頭は　じとじとみぞれに沈み　凍った凍った
放心の身で
僕は枯草のなか
眼をつむってしまった
よる　星が話していた
鳴らせ　鳴らせ　サキソホーン

埋没（『首輪詩集』に収録）

（前詩集と重複につき、掲載省略）

後書

現実のなかの幼い夢と、現実のなかで張り裂けた夢の軌跡を、詩というパタンに入れてみました。私はそのために、しばしば驚いてばかりいたようですが、この驚きの作用をもっと掘り下げ、組織化したいと考えております。

私は私事、あるいは私事をめぐってのことを多く書いて来ました。それは一個の人間としてのモチーフを外的状況から捉えるためでした。

第二次世界大戦――。その時、私が二十歳であったとしたら、私はどうなったのでしょうか。戦争に殉ずることを、落日のヒーローのように感取していたのでしたから。

一九五一年から五七年に至る間、ノートに書きつけたり「首輪」等に発表した作品を整理して詩集の稿としました。

佐伯郁郎さんら諸先輩の協力と激励、わが「首輪」の仲間たちの友情を深く感謝します。

一九五七年十月

推薦文（チラシ）

村野四郎

この詩人は、妙なレアリテの創り出す特殊な方法を心得ている。一応自然主義的で且つ散文的な心象造型の手法をとっているように見えるが、そのメタフォルは完全に詩的である。そしてこのスカラベサクレのように見える人間の、ある時は尊大である時は実に惨めな、その恰好が喜劇的なペエソスでよく描かれている。

大西巨人

斎藤彰吾君に私はまだ会ったことがなく、その詩も数篇しか読んでいない。しかし私が見た数少ない作品と私がもらった幾通かの手紙とは、一人の真面目な、才能を感じさせる青年が、多分啄木の生地に近い奥州の一小都市で、勤勉な市民生活の中から次第に高くきびしい人生の詩的表現を獲得し、達成しつつあることを物語っていて、その未来は私に豊かな期待を抱かしめる。「北海の寒さを語る啄木のさびしき眉を見むよしもがな」と吉井勇が歌った時、すでに早く啄木は故人であった。しかし斎藤君は前途ある、若い詩人であって、思い立ちさえすれば私は簡単に同君を見ることもできる。それよりも、年来の業績をまとめた斎藤君の処女詩集『榛の木と夜明け』が、普遍的な意味において、多くのことを私に語ってくれるであろう。この上梓を私はよろこぶ。

佐伯郁郎

昭和二十五年の芸術祭に詩の一般公募した際一位から三位までかっさらったのが、意外にも黒沢尻の白面の三人の少年であった。彗星のように現われた、この少年達は翌年も一、二位を占めた。三人の中で最も長身瘠軀の高橋昭八郎は間もなく僕の記憶にはっきりし出したが、斎藤彰吾と渡辺眞吾は、ある時は斎藤眞吾であったり、渡辺彰吾であったりで、仲々はっきりしなかった。斎藤彰吾が鮮明になったのは、眞吾が早稲田大学へ去り、昭八郎が病軀を療養所へ横たえるようになって、「首輪」の編輯を殆ど独りでやり出してからである。

彼は自由な発想のもとに柔軟性ある造型をすることから出発した。そして、最近では彼の詩精神は意識的なものへの追求にまで積極的な姿勢を形成しつつある。この意慾的な慾求と鮮烈な決意とがいかに展開されるかは勿論彼の今後のアルバイトにかかるものであるが、すでに発火点が、彼のこれまでの基盤の中に包蔵されていることを「榛の木と夜明け」の中に発見するであろう。わたしは新鮮な意義をこの詩集に期待する。

高橋昭八郎

この、ぼくら各自の出発の母胎となったなつかしい「首輪」の中心に位置して、精力的に仕事をして来たのが斎藤彰吾です。そしてぼくらの仲間から彼が第一番に詩集「榛の木と夜明け」を出すことになりました。

いつも清新なプロペラを廻しながら、ふしぎに生命的な言葉のレアリティを創り出すエンジニアである彼は、傷ついた人間の黒い影に熾烈な魂の炎のゆらめきを造型し、あるいはまた童話的なふとした虫や花や夜の形象に、遠い郷愁に似た仮設的なフリュートの音色を流し込んだりするのです。

北上川の岸辺に幼年時代を送った彼が、彼の愛する郷土に惜し気なく撒き散らす、みずみずしいエスプリの種子の開花。

その花束が、何よりも読者のひとりひとりに心温く迎えられるものでありますように。

そしてまた永遠に尽きないポエジイを究める厳しい道に立って、この詩集出版が、彼自身にとってもより深く未来へひろがるひとすじのレイルを敷設する、力強い夜明けとなりますように。

火の丸木舟

炎えながら
炎えつきない
火の丸木舟。
エミシの丸木舟が
闇夜はるか
北上川をのぼりくだりしているのを
君は見たか。

エミシの六つの歌

哀歌《第一番》

奥羽《にしね》おろしの吹雪のなかで　紅い花見つけた。
紅い花　それはなんの花　エミシ花。
（討たれ断たれし　エミシの族《やから》よ。
　わたしの歌に　血がのぼる。）

奥羽おろしの吹雪が晴れて　白い馬
和賀の野面《づら》をかけぬける　それはなんの馬
　エミシ馬。
（撃たれ打《ぶ》たれし　エミシの族よ
わたしの言葉が　火矢の弓ふりしぼる。）

エミシといわれ　エゾとあざけられ
姦鬼《かたましきおに》と怖れられて
田村麻呂に大和の国家に征服された縄文の大地。
今は　深い雪に閉ざされた冬だ。

——沈黙を闇に向かって　金色に切り裂け！
農耕稲作の初源にふきあがる
無文字の祈禱書。
狩猟が奥羽の谷間に追われた日から。
エゾとあざけられ　かたましき鬼と怖れられて
討たれ断たれし　王国の人々よ

春がきたら
陽の当たるインカラウシに集まろう。

＊インカラウシ＝アイヌ語で見晴しの良い所

白河以北一山百文《第二番》

ぼくは　今
やまがた・ありともと　はら・けいが
机をたたき論争争鳴しているところにいます
まるで稲光りのさくれつです
二月の雪がちらちらふって

やまがた・ありともは言うのです
「なんだ　東北唐変木どん百姓の役立たず
白河以北は　ひとやまひゃくもん」
すかさず　はら・けいは
「なんだ　長州長提灯の足軽め
　藩閥固めて盗賊政治か」
と反駁するのでありました

納豆《なっとう》が好きな原敬でした
納豆が嫌いな山縣有朋でした

きさらぎの雪が
きさきさふっている
寒い帝都は
首相官邸の夜でありました

峠《第三番》

その峠は　都《みやこ》の一行が通り過ぎると異変が起きた。

たとえば獰猛な狼に襲われるとか。
部厚くて大きな葉が人を巻きこみ
山奥に運んだとか。
眠気がさして谷底に転がり落ちた兵士とか。

それから　都の人々は噂しあった。
あの海の見える峠を通ってはいけません。
なぜなら　あの辺一帯は
山姥《やまんば》がいて鬼がいて　いのちをおびやかすと。

その峠は　いつかかくれ峠になったんじゃ。
豪族が闘かったという岩屋の伝説もあってな。
今じゃ自動車も入れぬ路だったとも
村の人たちは魚こなど背負《しょっ》て　ひと休みして通るのさ。

根雪は　まぁだ深《ふけ》ェくて硬いべっとも
そろそろ桃いろの辛夷《こぶし》の花こ咲ぐごった。

坂上田村麻呂《さかのうえのたむらまろ》《第四番》

西嶺《にしね》おろしの突風　ふいに湧き起り
剛勇なる坂上田村麻呂が馬から落ちた
西嶺の山に雪光り　まわりに人影見えず
遠くの森で鴉がさわがしく啼いた

勇敢なる征夷大将軍　四万の軍勢ひきつれ
五千のエミシと日高見国で戦った
毘沙門天を信仰するエミシに向って
「吾も亦毘沙門天を信仰している
　刃向うな」と　砦と村を次々火にかけた
水陸万頃《すいりくばんけい》のアテルイ　モレの根拠地は
荒れはて残酷な春にさらされた

度重なる戦いの後　北上川は青く凍るように流れ
馬上の英雄　坂上田村麻呂
桃色にかすみたなびく気圏のなかを
秘め野のあやし谷へ向って疾駆する
征夷大将軍　胸には帝《みかど》からの勲章がかがやいて

坂上田村麻呂が馬から落ちた　馬から落ちた
強く優しい田村麻呂　馬から落ちて
帝からの勲章を探している探している
早く馬上に戻れ　黄金のあごひげ生やした田村麻呂
よ

お堂めぐり《第五番》

鮮やかな森　あたらしい緑を抜けて
野のひろがるところ雲雀のさえずり充ちて
七日七夜のお堂めぐりがはじまった

一つお堂は　泉《すず》のほとり
アテルイおばさん　麻糸つむぎながら受難の唄を唄
いだす
二つお堂　火の神流し
夜明けにかけて秘め谷の救い舟流す
三つお堂　馬の神
蕨手刀《わらびてとう》とペルシャ石光り
四つお堂　いくさ神
荒れては狂う　鬼剣舞《おにけんばい》のでですこでん
五つお堂　五穀神
五穀の餅つき菊酒のんで酔い痴れて
六つお堂　蝦夷のいやさかをまつる古墳群
地にぬかずいて仰げば　星きらら
七つお堂は　石の神
地下の穴道七めぐり　逆さ竹分け
山の頂　岩屋跡にたどり着けば
陽光さんぜん
眺めひろびろ

北上川は長蛇にかすみ
遠く鹿踊りの太鼓がとどろきわたる

まるめろ《第六番》

おおわれている灰白色の綿毛を
指先きでこすっていくと
思いがけぬ黄いろの肌があらわれる
まるめろの実。

どこか　ぎこちなく円いまるめろの実。
寒さのなかのきっかきっか雪を固めたように。
北方の青い気圏に　りんと香気を放つ。
――中央アジアが原産だという。

幼年の掌に　まるめろはふしぎな感触をもっていた。
花畑と梨畑の間の肥やし溜めのそばに
一本だけ白い花を咲かせていた　まるめろの木。

園芸好きだった老父《ちち》が植えたものだった。

あれから　どれだけの月日が
蝸牛のようにぼくの血液のなかをめぐったろう。
わが生家は遙か遠く　時の彼方に生きて
わが眼裏《まなうら》を　まるめろの優しい形が横切《よぎ》る。

北上川は変らずにうねり流れているが
此の頃なぜか　まるめろのことを見聞きしない。
さみだれのエミシ道を歩きながら
還ってこない物の名前に算えるな　と誓う。

オ願イ　マルメロノ木ガアリマシタラ
分ケテクダサイマセンカ。
根付ケノ小サナ株ヲ分ケテクダサイ
　　　ぼくは夢の中で
まるめろの木を　夏に茂らせるのです。
梅雨前線の北上《ほくじょう》を告げる深夜のラジオ。

まるめろの木には　狩りのにおいが漂い
エミシの　愛といのちが
檄となり　もえさかっているのを視るのです。

毘沙門天

毘沙門堂の仏像を見るときはナ、顔から見るんじゃね。くねり腰の優美さとかにだまされるな。われらは、仏像の専門研究者でもねェし、歴史学者でもねェ。われらが拝観料はらって見るときはナ、仏像の足元から見ることにするべ。あのがま蛙みでェな、醜《みだ》ぐなすの怪異といわれる存在を、まじまじと見てから、膝から腰、腰から胸、胸から顔へと視点をじょじょに上げていけばいい。そうやってから手を合わせ拝もうよ、深く頭《こうべ》をたれようよ。あの醜ぐなすの天邪鬼《あまのじゃく》は滅ぼされた俘囚《えみし》だとや。して天邪鬼を踏まえて立派に立ってる毘沙門天が田村麻呂さまなんだと。

ああ天邪鬼の目がらんらんとかがやいてる。怒気を深く宿して泪いろにもえてる。びっしりとこもった作者の魂が、天に跳ねあがろうとしている。手を合わせ拝もうよ、深く頭をたれようよ。これがわれらの流儀というものよ。エミシの血の流れをいくばくか汲む、われらのお作法、時の務めというものじゃ。

常陸坊海尊

大将《てえしょ》が高館で自害すた後《あど》だったもや　火の玉ぬなって影屋敷さ戻たけば　何故《なす》てお前《めえ》警固《まも》ってねがた諸方《あっこつ》の戦《いくさ》で武勲の星きらめぐお前　果てられた義経公さ何て詫び申す　なんぼ口惜《くや》すがったが　お前裏切り者だ　意気まぐ残党衆ぬ囲まれ　俺《おら》は俺で腹の中《なが》煮えぐり返《げ》り　終《すめ》ぇにはぎりぎりと痛みだすて気がついだっけば谷底さ転げ落ずでらた　霧の中がら念佛湧いで茫々遊行《ゆぎょう》　星霜風雪を漕ぎ回った　俺は何時《えず》の間にが野里の古びた神社で月光を浴びでらた　細い児童達《わらしやど》薄い百姓がら海尊様々々と崇められ拝まれて

先年清悦と　衣川の奥山で仙人がらニンカン御馳走《ごっつお》なったがらだべ　あの滅亡の朝ま方《かだ》　東山の寺々がら　きなくせぇあやし風吹ぎまぐり奇怪《おがす》と思て行《え》たけば　坂道で縄曳き地蔵ぬ出合て　ほりゃ見ろって言《そ》われだ　高館が赤黒く炎えでらたんだ　それがら

絵暦めぐるひま無位《ねくれ》ぇ　飢饉《けかず》だの戦乱《いくさ》だの続いだ
俺の体　鳥ぬなた万粒の種籾ぬなた成り木《ぎ》の根こぬ
なた　茸《きのご》ぬなて北条女《おなご》のぎたぎたぬるぬるの股のあ
そごさ入《へ》った　頼朝の鼻の中《なが》さ大麻溶がすてきた
あハッハッハハこの糞ッたれども！

言《ゆ》うな　地獄の岩戸さ平《ひら》べったぐなた命をはさまれ
だ　泰衡の事《ごと》だば　彼奴《あいず》は先《ま》んつ小物よ　目《め》見ねぇ
ぐなってすまたのだ　後《あど》う言な　哀すぐなる惨めぬ
なる　……かいしょんさまぁ　助けでけろぅ　かい
しょんさまぁ　かくれ神社の稲妻浴びた宿り木の辺《あだ》
りを　しぼるよな声が木魂すてらったのは　昨日《きんな》
だったべが　百年前《めえ》のごどだったべが　俺《おら》白装束の
まんま　まっくら闇のなか　ほでくてねぇぐなって
すまた

＊ニンカン＝人魚の肉のこと
＊ほでくてねぇぐ＝わけがわからない

小人の歌

1

こびとは
プラカードをもって
村祭りのなかを
歩くことなんかしない

通る人びとに
いらっしゃいませと
メガホンで呼びかけ
品物を値下げすることなどしない
毛越寺《もうつうじ》の
大泉ガ池の岩に
安倍貞任《あべのさだとう》の三倍ぐらい
大きなひとが立っていて

弓を
いま射ようとしている

——誰に向けて
きみに向けて

2

毛越寺の
大泉ガ池の岩に
安倍貞任の鼻の孔にはいるほどの
こびとが　立っていて

何かしている
何かしているが
誰にも見えない
誰も知らない

こびとは岩を両手で持ちあげた
天竺から運んできた
安倍貞任の五倍もある
大きな岩を投げこんだ

大泉ガ池の
水のおもてが　ゆらゆら
底からはげしく波立って
元にもどらない

3

大泉ガ池の岩の上で
小人が歌をうたっている
大泉ガ池の岩の上で
大きなひとが歌をうたっている

北のこびとは
赤い頬っぺをふくらませ
北の大きなひとは
厚いくちびるをひらいたりとじたり

ハミングが五月の青空に
太陽のように
エミシ文字のように

昇っていく

耳のあるひと
だぁーれ
字を読めるひと
だぁーれ

あいびき

いらだたしい日々
けだるい　いとなみ
とが　分ちがたく
溶けあっている　ほの暗い闇で

雪を被った笹藪のように繁茂する春の緑のように
きみたちは体を寄せマッチを点ける
指や頬をこがす　ほんのいっしゅん
明日の明るく巨きな　かがやぎを
信じている？
かれはタバコを吸い　きゅうにお喋りになり
とてつもなく大胆なこと野放図なこと
とてもつまらないことくだらないことを……

それから　なぜか
　　口をつぐんだ
不吉の予感にさらされた

月光る北上川べりで
きみたちは　　不用意にも
水の切れない青白い魚を釣りあげたのだ
われらの内なる
飢民が
藁づとにくるんで棄てた乳児の変幻を

新婚旅行

およそ三〇人
駅のホームにたむろして
急行を待つ。
親兄弟ともだち親類こどもたち

夕方発ったディーゼルカーは
一輛だけが
まばゆく光って陸橋の下をすぎていった
松本英彦のテナー・サックスのように。
(掏摸にしろ
クルマにしろ
錯覚や出来心や事故に
遭わぬよう祈ります)

大安吉日だったか。
赤口じゃねっか。
おらきょう仏滅よ。

太った婦のかつぎ屋がスッ頓狂な声をだした。

初冬の夕焼けが洪水のように流れる
長い旅。
けだるい目をした窓ぎわの中年男が
ふたりを見ている。

（一路平安
一路建設
八紘一宇　天皇陛下ノ御為ニ
日の丸の旗　旗の波　なみ　なみだ。
熱い　めがしらから　こぼれる
武運長久　きまじめな愛国婦人会よ。
議員立候補者のように　たすきがけして
叫ぶ万歳が
こんどは町葬の列に参加する
国民学校の小さな生徒たちは
何かナンでも兵隊になるのだと。
骨箱の中は　ひとつかみの　土。
仏壇の前で一夜まんじりともしなかった
——戦争未亡人）

長いトンネルをこえたころ
山々の雪しろ水をあつめた湖が林をざわめかせ夜に
　ひろがっていた。
出がけにフラワーデザイナーがつけた
リボンから甘美な秘儀の香りが
いっしゅん二人の鼻孔を
おそったのは
誰も知らない。

イーハトーボの太陽

イーハトーボ川をさかのぼる
まんだまんだ峡谷の東に
むらさきの霞たなびく
帽子ガ嶽がそびえている。

いつも千古の銀雪が眺望され
いくつもの　曲りくねった
洞窟が通じ合い
壁には判らない記号や文字が刻まれている。
と　むかしむかし　おじさんの話。
　　その　おじさんが
霧こめる夜明け方
帽子ガ嶽で道なき道を迷ったとき

　　茂みの向うに
まばゆいものを見たんだ。
目がつぶれるかと思った。

火の玉だった。
　　おおきな桑の木の下。
太陽が　水浴びをしていたの。
跳ねたり潜ったり
空には　千丈の滝が七色に映っていた。

太陽が　水浴びをしていたんだ。
　　滝のしぶきにぐっしょり濡れて
急ぎマタギの足どりで尾根伝いにおりると
すでに太陽は　頭上の中天に輝いていた。

　　かわいた滝壺のかたわらには
麦わら帽子がひとつ
風に吹かれ　一輪のシマカンギクが炎えていた
太陽が　水浴びをしていた場所。

道ノ奥ノ未知ヲ実ラセル皆サン　朝陽ガ拝メマス
冷タイナマジュースガ飲メマス　オ酒ガ好キナ方ニ

ハ菊酒ヲ用意シテオリマス　登山シタイ方ニハ案内
シマス　フダン着フダン履キデオ出カケクダサイ
墜落・凍傷・怪我ノ心配ハ全ク無用デス。
――帽子ガ嶽ノ赤イ番人ヨリ

昭和十八年八月某日

白い真昼――列車からおりた
憲兵二人が　疎らな人並みのなかを風のようにやってきた。

一人の憲兵が　赤縄で結ばれた
四角い遺骨箱を駅前広場で放りだした。

二人の憲兵は　骨箱を
軍靴　の　つま先きやかかとで　小突いたり蹴とばしたりした。
忌わしげに。一人がおわると
腕組みしていた片割れが　気のすむまで　ころがした。

焼かれた骨の音が　した。
風の音が　した。凍《し》ばれた野の音が　した。

その憲兵の　いちぶしじゅうを　二つのただずんだ影が
おしだまったまま　遠くから　見つめつづけていた。
憲兵は　いなくなった。名前も階級も記されていない
白い骨箱は　埃りにまみれ置きざりにされた。

広場の片隅で　男は立ったまま　頭をうなだれ
婦人は　くずれるように　しゃがみこみ
しばらくの間　動かないでいた。
婦《おんな》の泣き声が　してきた。

すすりあげ　しゃくりあげる　細い声は　しーんとした広場の
夏の　よどんだ大気の膜を　一枚いちまい　メスのように切り剝がしていた。
それから二〇余年　美しい広場の　にぎやかな人通りで
二人の人間が　今でも立っている。

桂浜にて
——四国旅行スケッチ

桂浜
高知
白っぽい砂地の
めりこむ

原色が明瞭に生きている南国の果てで
まだ生きているよな
坂本竜馬の
見上げるばかりに大きな銅像の立つ
（あれは　土佐っぽの血のいろした精神の滝壺か
——）
丘から　何気なく
　　下を見おろすと
　　　浜には
　　　無数の足跡が
　　　点々と広がり続いている

人は　ここにきて
散策し
眺め
風のように立ち去っていく
後から来た者は
前の足跡を踏みくずし
また新しいめりこみの深みをつくる
案内の運転手は
じつに親切だ
おらが選出の代議士は
代々地元のために　なんちゅうことは何一つせんで
す
それが　あたりまえ
建設大臣は　いい時に辞めた

国家が　突然
黒い海鳥のように横切る！

運転手は　やおらしゃがみこんで
靴をぬぎ砂をはらいおとしている
そういえば　ぼくの靴にも
砂の感触　旅の感触

歌で名高い
西国《さいごく》は桂浜の
まろやかな八月の午前
太平洋の波が静かに
騒ぎ立っていて
ここに漂着した者
放浪に出ていった者
遙か　みちのくから流された安倍一族の
亡命の軌跡など
今は
その名や因縁の飛沫すら
誰の胸内にもとどめていないだろう
しかし　ぼくは
桂浜の空と海から

まばゆい光りを感じた
つかず離れず
重く巨きなものを軽々とかついでいく
青い党の漁師が見えた

竜馬の丘から　石段をおりるとき
草叢の中でけたたましく鳴いていた
行々子《よしきり》
同行者たちは
いつのまにか土産物の売店から
姿を消していた

日高見国立観光館長の手紙

親愛なるヤマタケル殿
あなたは　わが首府に訪れたさい
鬼剣舞《おにけんばい》を見たいと所望されておりました
計画の中にいれておきましたから御安心ください

親愛なるヤマタケル殿
あなたの国の史書のページには
鬼剣舞について次のように記述されております
これは明らかな誤記でありますので
全面的に改稿するよう希望します
改稿の約束がなければ
御入国の旅券がおりないことになっております

征夷大将軍坂上田村麻呂の日高見国征討にさいし、奥山の　穴に潜伏し激しいゲリラ活動をおこなった鬼集団（蝦夷）を火煙戦術によって徹底的に潰滅させたとき、部下に命じて作らせた戦勝の踊りである。踊りは大別して二種型がある。一つは、勇躍果敢な凱旋踊りで士気を鼓舞する。一つは荒びてまつろわぬ鬼畜にたいしても仏恩の慈愛を与え、敵味方問わず鎮魂の念仏供養とした。何れも和風吹く世の平かさを祈願した英雄田村麻呂将軍が創始したものである。

ところで　親愛なるヤマタケル殿
わが国では「越境征服者に関する再吟味法」が成立しました
よって国立裁判所の法廷に今立たされている
主な方々は
冠帝
坂上田村麻呂《さかのうえたむらまろ》　文室綿麻呂《ぶんやのわたまろ》です
わが国特有の
白い闇に手招きされた
藁人形は
明年火あぶりの刑に処されるでしょう
驚かないでください

親愛なるヤマタケル殿
細かな注意をしたためます
御入国の節には
わが国の流儀を守ってください
まず方言を笑ったり叩いたりしてはいけません
方言を小突いたり笑ったりしますと
たちまち灰色の護送車で強制送還されます

いつかお土産にさしあげた
地酒を　あなたは美味だ美味だと連呼して
ぐい呑みをいたしておりまして
私嬉れしかったのですが
御一行のなかに
禁酒宣言者連名連合会の代表の方がまじっておりま
す
彼には　あなたを管に
腰下げ革袋を送ります
通風をよくしてあらかじめ手渡してください

地酒を飲まない方は
飲んだふりして革袋にそっといれてください
ということは
わが国では　酒をのむことは
神になることなのです
酒をのめないひとは国民ではないのです
生まれたての赤ん坊にも
命の泉としてのませます
のめない赤ん坊は
即日　川流しにされます
そんな具合いなのです
まあ　せいぜい　一度ぐらいは
額に水をぶっかけられることになるでしょう
洗礼と思って甘んじていただきたいのです

夜が白みはじめました
アテルイ神社のニワトリが啼いております
私も眠らなければなりません
親愛なるヤマタケル殿

御返書をお待ち申しあげております
うで・まんつ
（それでは　まずは）

エゾからエミシへ

エミシは、輝いている人体だ。
エミシは、北の宇宙感で北を守った。
北の宇宙感を所有する穀倉が地下にある。
それをばらばらに破壊したのは誰か。

ぼくらは、かすれ声を発する。
燃えくすぶる砦の柵で、壊れた家で
根絶やしにされた地獄の道に
陽光さんらん、散りこぼれ
あるいは風の寒さが
ちいさな人体に自覚を与える
ちっぽけな人体の奥から
陽が昇ってくるのが見える。

いちど死んだ虚ろなまなこが
北の気圏で、きらきらすると
金色姫《こんじき》が西空から笹舟に乗ってくる。

青い天空が、あおびかりして
見つめ矢を射た軍団のおおかたは、視聴覚障害に
なったのだ。
エミシの内なるぼくの胸のこどうは
はげしくふるえている。
子どもが葦間に迷って泣き声をあげている。

消してしまえ、田村麻呂伝説を縛れ。
石にすりつけよ、ぼくらの嘆きを言葉を。
あいつは、都《みやこ》の人々にたたえられ忘れられていいの
さ。
日高見川の川音がやけに耳にひびく。

金色姫が去ったあと
灰色の荒地が、思いがけず
ひろびろとした緑の大地に還っていた。
たましいの休息するところ、エミシの大地。

はらむ、エミシの人体。
糸を吐き、まゆをつくる婦《おんな》。
地ひびき立てどよめいて過ぎる馬の群れ。
かがやいて、むきだしに

かたむく。アテルイの首のように
陽にさらされて、風がまた地鳴りして吹き
アテルイの喉ぼとけから
跳びだした

エミシの一団。
黒い野をあるいていく、白い野をあるいていく。
あるいたあとから新しい穀物があつまる、あつまる。
エミシは輝いている人体だ。

シマカンギク

一

国見山の頂きに咲く、シマカンギク。
寒みィ風にさらされて
指ほどの花弁が寄りそい
陽のひかりをあつめ谷の岩場で咲いている。

町の寺院の大きな銀杏の樹が
両手をあげて、あざやかに葉をもえつくした後。
きまって雪がくるという
あわただしい雲の影にゆれ、シマカンギクは固い蕾
　をつける。

日本列島の東北部を縦断する北上川流域。
川はゆるやかに人間と空を映し
三五〇万年前にできた新第三紀層の北上山地を洗っ
　ている。
かつてこの国見山一帯に古代の仏教文化が華ひらい
　た。

クマガヴィッチ・アキヒーコ氏によれば
シマカンギクは、山伏が住む熊野から西へ帯状に
屋根光る京都から九州屋久島に連なり
台湾、朝鮮半島、そして新疆を除く中国全土に生え
　ている

それら濃密な分布圏から
ぶーんと離れた、この「道の奥」に
シマカンギクが、かくれ分布していた。
代々の学者に知られることもなく

ひっそりとだまりこくって、小さなほのほをもやし
　つづけていた。
僅かに土がへりついている、飢え迫る斜面で。
われらのかくし念仏やかくれ切支丹の囚徒たちが
息をのんだせつな眼のように、かがやいているシマ
　カンギク。

どうして、シマカンギクは
この山に根を張ることができたのか。
どんな理由で
シマカンギクを、この山に植えたのか。

風土と地質のせいなのか。
仏法の奇蹟でもあったのか。
ほとんど知る手がかりもないが
初めに種子まいた人は、きっと名もない僧侶だった
かもしれない。

二

クマガヴィッチ・アキヒーコ氏と
枯れ葉のつもった山道を踏みしだいて登った十一月。
陽が照って匂っていた。
ほう、そごにも彼処《かご》にも、燦然と火をふいて。
足許の岩場から谷にかけて群がって
晴れやかに千年を辿った自生の道。

命づなかげねど、そばさ恐《お》っかなくて行《え》げね。
写真撮るにも足場が無《ね》くて。

この辺《あだり》の年寄《としょ》り達《だつ》は
弘法菊とも言ってるのす。
しェば、おらはおらでエミシ菊って名付けるべ。
なんだか、エミシの人魂《だま》、巣喰ってるみでだもの。

此処《こご》さ、平泉押立でだ清衡が来たごった。
奥六郡の支配者になって近ぐの豊田城に居《え》だ。
うん、それよりもそのちょっと前《めえ》に安倍貞任。
菊酒のんでる様子《さま》が「前九年合戦絵巻」に、ちゃん
とある。

三

シマカンギクは祈りの花。生きることを教える花。
シマカンギクの傍に佇んでいると
ひとりの放心した僧侶が目に映ってくる。
だけど夢見勝ちな三十の坂をこした若者。

シマカンギクの種子を初めてまいた僧侶が
ぎこちなく、太陽を背にしてこっちにあるいてくる。
生涯を植えつけにささげた僧侶の衣鉢《いはつ》をまとい手に持ち
受苦の弟子が、やっぱりぎこちなく太陽を背にしてのぼってくる。

ただ、それだけの風に吹かれた星霜の襞々。
世の辛酸と悲惨をなめた味など
語るものか、白々しく。
まして、軽やかに人々の間を跳ぶものか。

雪の中に埋れても、しっかりと深緑の葉を支え
小さな頭をだして咲く、黄いろいシマカンギクの群れ。
そのはかりしれない、いのちの太鼓のひびきが
間断なく、しずかに地の底闇から体に伝わる。

シマカンギクは、北の太陽——。
億千万の泪の粒をあつめて
咲くシマカンギク。エミシ菊。
きみよ、しばし足をとどめ
明るさと暗黒にしぼられた引力の極に立て。

後書

わたしは、北上川のほとりの川岸《かし》で生まれ少年期を送った。生家の近くには、安倍頼時の五男五郎正任《まさとう》が陣を敷いた黒沢尻柵《くろさわじりのさく》があり、北五百米ほどの所に牡丹畑という地名があって、毎年牡丹の咲く季節になると正任が牡丹を愛でる行事をしたという伝説が残っている。春先きの頃わたしは、麦畑になっているこの牡丹畑でキラキラ光る石の矢じりや縄文土器の破片をひろったりもした。また観音堂には、八幡太郎義家の合戦絵額があって父たちの夜話に何となく耳を傾むけていたものである。

後三年の役（一〇八七年）から、はるか八九〇年余の時をへだてている。坂上田村麻呂、源義家、頼朝の奥羽征伐は、津軽の果てまでの各地の神社、山野、芸能などに征服者の刻印を数多く伝承させた。と同時に被征服地の農民は、こうした伝承圏の内外に敗れた英雄の口碑をさりげなく重ね合わせたようである。

一九五七年頃、東京で谷川雁さんとお会いする機会があった。谷川さんは地域の国民文化運動論を語るはしばしに、「おれは熊襲《くまそ》の末裔だ」と明示していた。それに共鳴し、さておれならどうかと自問したとき、胸の奥からむっくり起きあがってきたのが蝦夷であった。

以来ようやくにして高橋富雄氏の著書などを手かかりに、日本の古代史をこちらにひきつけて読みとろうと自覚をもったのは七〇年の初頭だった。若い詩人伊藤盛信にそのことを話し、同志に呼びかけて七三年「化外」を創刊した。自分を含め心ある人々の内部世界にゆさぶりをかけたのである。それから今日、化外の地のもたらす意味が文学文化面であていど普遍化されてきたことを思う。日本の時代的な流れを巨視的に見れば、東北は日本列島の危機があるときいつでもそのいけにえになってきたふしがある。

そんな思いをこめてエゾ・エミシにかかわる作物を一束にまとめ、詩集として久しぶりに公刊することにした。このなかには、今春急逝された作家野呂邦暢氏が賞めてくれた一編もあって、時の流れの無常を感ずる。故野呂氏のご冥福を祈る。

多忙のなか推輓の労をとられた民俗学者の谷川健一氏、漢方薬学の領域から古代史の暗部を照射している熊谷明彦氏、装幀をしてくださった大宮政郎氏、画家の岩間正男氏、地名研究者の千田清氏、多年の友人高橋昭八郎氏、小田島重次郎氏をはじめとする北上詩の会の面々、相沢史郎、南川比呂史、渡辺眞吾、佐藤秀昭氏ら「化外」の面々の、助言と友情に厚く感謝する。また転載の快諾をいただいた河北新報社学芸部、わたしを絶えず見守り激励してくださる先輩、諸兄姉、仲間たちに御礼の挨拶を送り、喜びを共に分ちあいたい。詩集を出すことを早くから促し、わたしの怠慢を撃ち最終的には自選の作物を編集してくれた阿部圭司氏のお世話には、脱帽をもって報いたい。

なお前詩集『榛の木と夜明け』の「勤め」、「埋没」二篇が、はからずも大西巨人編『日本掌編小説選集』（全二巻）下巻に収録せられたことを無上の喜びとするものである。大西さん、ありがとう。

野ねずみが我が家に宿入りした一九八〇年極月間近い日に

帯文

私のように西の国の者には、「みちのく」はまさしく未知の国であり、それゆえに烈しく心を牽かれる。この詩集も、侵入者をきびしく拒けながら、優しさを湛えている。そのふしぎな魅力がこの詩集にも作者にも備っている。

谷川健一

バビロンの羊

木漏れ日にきらめく
たくさんの斧が
バビロンの森を一本残らず伐りはらった
戦いの船が造られる　音をなくした材木で

森のあとには方々から羊飼いの声
ウメィウメィ　白いなみが押し寄せ
生い茂る草のことごとくが
うねる泡立ちに根こそぎ食われ食われて

バビロンの野山は
のっぺらぼうに赤茶け
乾いたつちの微塵が
遠くまで砂嵐を広げた

ふとった羊は送られる
旗をかかげた城壁の橋を渡り
七曜の神々が在《いま》す
星の神殿へ　バビロン王宮へ

よだれかけした王は　まだかと窓に立つ
大きな包丁のコック長が
犠牲《いけにえ》の肉質をなぜ　なで　さばき
香うばしく焼いて　大皿に盛る

鼻をうごめかせ　王がフォークで頬張る
鏡から抜け出た王妃もしとやかにほうばる
—生きるとは人生を愉楽《たのし》むことじゃ
首都をバビロンの都を王様の行列、世界最初の
　美食家《グルメ》の玉車が通る

バビロンの森は
戦争のたびにいくつもこの世から姿を消した

あまたのガイコツが踊る中
砂漠が海のように広がった
夢見の王は千夜うなされ王妃を刺した

＊バビロンは、紀元前三千年頃に栄えたバビロニカ王朝の首都でティグリス・ユーフラテス河の流域地方にあった。ペルシャ湾をはさんで、イラク、イランなどの国がある。
＊この作は、三浦茂男氏によって六双の詩画となり、北上市に寄贈。

袋まずら
——全国チェーン・コンビニエンスストアXでのエピソード

あのゥ　店長《てんちょ》さんだスカ。
おれナサ　色々買った袋まずらを
すてっと見ねェぐすてすまいますた
袋まずら＊1
どごさ落《おど》すたのだか　呆《ぼ》げですまてス
しゃるむり見《め》ッけでくなさるよゥ　お願い申すあげ
ます

——ハァ？
ちょっとお待ちくださいませ。
方言ほんやくロボット君から聴いてみます。

——ハイ　分かりました。
たくさんお買いあげをいただき、どうも有難うございました。それでおばあさん、お買い上げいただきましたお品は、何と何だったでしょうか。

袋まずら一杯《いっぺぇ》買って　どこさ置いだが忘れですまって申訳《もさげ》ねァンス。
――お求めになりましたお品の、主な物を幾つかあげてくださいませんか。

そだナス。[*2]
――ソダなすで、ございますか。当店では秋田ナス、仙台ナス、それと茨城ナスを扱っておりますけど。
そだすか。[*3]
――ソダすいか、ですか。ちょっと聞いたことがないのですが。スイカですと
鹿児島とか静岡物ならございます。

あのゥ　袋にはス、ハラッコにスズコ、二子のいものご、経木《けエぎ》さ包《くる》んだ小豆《あずき》まんまに、ウーロン茶一本と写真《しゃすん》の本こ「フオンカス」だったナサ。袋《ふくろ》まずらだんちゃ。

――ロボット君、説明《ほんやく》をお願いします。

――ただ今の岩手弁は、次のようであります。

袋に入っている品物は、ミツカン酢、イクラ、筋子《すじこ》、二子産の里芋、経木《きょうぎ》包みのお赤飯《せきはん》、ウーロン茶一本と写真週刊誌「フォーカス」であったと思います。

但し「まずら」という品物は、一体どういう物か、当局においては理解不能でございます。

――ロボット君、ありがとう。

おばあさん、お忘れ物はただ今探しますので、スミマせんが十五分ほど、お待ちくださいませ。

そでば、一寸《えっと》の間《ぎま》、待ずごとぬ、しあんス。


――本日は、ご来店たまわり誠にありがとうございます。先ほどお忘れ物のお届けがありました、北上市老松《おいまつ》町の及川松子さま。お買い物の袋は見つかりましたが、「まずら」は、見つかりませんでした。お忘れ物のお品は預っておりますので、一階東口のサービスセンターまでお越しくださいませ。

ああ、良《え》がったナァ、おかげさんで袋まずら見《め》ッ

けでもらった。孫さやる写真《しやすん》の本こ「フォンカス」、ほれ、こごぬちゃんとあるよ。まんつ、こごのコンビーフストア、うでねぇ、コンビネンス　ストアだ。日《ひ》の前《めェ》から夜間《よんま》にかげで朝ま方《かた》まで、びっすり終日《ひして》、小昼《こびり》も取らず開げでてハ、丁寧《までェ》なストアだなサ。てェすたもんだステ。あんまり美味《うま》ぐねっとも、湯げッこ立てだ〝おでん〟も売ってる。おまげに「まずら」という、おらほの方言まで葺とりみでぬ探してもらったモ。

やあや、世話かけ申すた。まんつ　まんつ、有難《ありが》とあんちゃ　有難《ありが》とあんちゃ。

＊1　まずら＝（接続語）。（――まずら）の形で。「ごと」「みな」一切。例「このリンゴ、カワマズラケ」（このリンゴ、皮ごと食べろ）
＊2　そだナス＝そうですね。
＊3　そだすか＝そうですか。

天邪鬼《あまのじゃく》

――故越後谷栄二氏の写真「あまのじゃく」に寄せて

毘沙門天の佛像を見るときはナ、人間を視るくせでつい顔に行ってしまうが、一瞥だけでよろしい。平安朝特有の優美なくねり腰など二の次にしよう。足元から見ることだ。がま蛙みでぬ醜《みだ》ぐなすの、まつろはぬ者の典型といわれた存在を、まじまじと見ることだ。お前の肉体を踏んずげでる沓《くつ》。滑らかな沓から脛、膝から腰、腰から胸、胸から顔の表情へと視点をじょじょに上げていけばいい。それから毘沙門天が右手に持つ錫杖が、お前の頭蓋を垂直に突いていることを見究める。そうやってから手を合わせ拝もう、深く頭《こうべ》をたれよう。この卑やらしい天邪鬼は滅ぼされた蝦夷《えみし》だと。して天邪鬼を踏まえて立派に立つ毘沙門天立像が、みちのくを平定した田村麻呂だと。鈍三角で肉厚の鼻孔をはさんで、天邪鬼の目がらんらんと光る。ごつい歯を両頬までむき出しても、悲鳴は腹に抑え怒気を宿して炎えている。スキあらば跳びかからんという形相。作者は北上川の岩床で洗礼を受けた者かもしれない。お前の哀しみは、われらの愛《かな》しみ。辿り着いた魂と通わせる大地のひびき。静かに手を合わせて拝もう。頭《こうべ》を深くたれて二千年を繋げよう。これが拙いわれらの流儀。蝦夷《えみし》の水と星の光りをいくばくか汲む、われらのお作法、時の務めでござる。山百合の匂いが立ちこめて、瓜子姫《うりこひめこ》の声が優しく呼んだ。

わかれ

橋のたもとで虫が
星の光のように鳴いてました
枯草のちらばった秋
あなたはぼくの知らない
浜の網元の嫁に行くと

あなたとは
通勤の路次で出会った
短い季節の雲たちよ
紅いバラが垣根で咲いていた
ふるさとに生まれて
ふるさとの壜の中で　もがいていた
ぼくに
あなたは
満州からの引揚者だったこと
ある日住んでた町に
現われたロシア兵

頭を丸坊主にされたと
頬笑んで　語りながら
水のほとりに立っている星の夜でした

（いま海は荒れているのでしょうか
きっと外地にも六千度の太陽は
昇っていますよ
物凄い風の中でも
あなたの手をひろげたときの
見つめる
屈託のない　愛のように
それは）

ぐの字ブルース
――家のノオト

1　執達吏が帰っていった

ぐるぐるぐるぐる
ぐわぐわぐわ　ぐ
るるるしゅしゅるるしゅ
しゅッしゅッしゅッしゅッ

縄の　切れッ
　端が
広がり　いっせいに移動する
壁に天井に床下に空き壜に
舌は火になろうとしている
ぐるぐわ　しゅるしゅるしゅしゅしゅッ
藁しべごみくず雲助の蜘蛛が

ガソリンを吸いに集まってくる
赤《あ》げ鳥ッこ飛ばすべ[*1]
お母さん
あなたは火葬場から棺を破って出てくるんだよ
ぐるぐわぐるぐわ　しゅしゅッしゅしゅしゅッ

2　とつぜんに

とつぜん
ぐらぐらぐらぐら
が　きた　ぐらぐら
は　わたしの脳軟化症　昏倒寸前　ぐらぐら
は　わたしの破産　脱走者の根拠地
ぐらぐらは　わたしの同盟への芽生え

蔵がぐらぐら　農協の倉庫がぐらぐら
本家分家兄弟姉妹姪甥息子孫がぐらぐら
活かすも殺すもぐらぐら
精神安定剤もぐらぐら
オリンピックも万国博もぐらぐら
警棒をにぎる腕がぐらぐら
ジュラルミンの盾にひそむ
不確かなドオモー性が正確にぐらぐら
ぐらぐらな夢
だぶだぶな服
風のように戸口へ出たヨチヨチの赤ん坊は
あたたかいお湯に抱かれて
不愉快で冷たい銀行員
が　ぐらぐら磨めつする　石器のように
株式機構が三月にぐわんと沈む

縁故の自動車が
国道でエンコしたところへ
前方不注意がとびこんで
ばらばら　ぐらぐら
クラスメートの集団農場大型稲刈機
が　ばらばら　ぐらぐら

とばされた
帽子が
農道で
元気に
玉ねぎみたいに
風に吹かれている

とつぜん
ぐらぐら
が消えた
荷も家も請求書も電話のコードも免許証も
跡形なく消えた
ぐうの音もでず
キョトン　と　見渡す
愚のわたしよわたし
とりあえずぐうだらに寝て静かになって
いびきでも呼びもどそうか
鼻ひげでも抜こうか
それからだ　赤い太陽めざして
ぐらぐら情熱をシャフツさせ
二つ三つのヴェトナムに[＊2]
空想ゲリラ隊が出発するのは[＊3]

＊1　赤い鳥を飛ばそう、つまり火つけのこと。
＊2　チェ・ゲバラ「スローガンは、二つの三つの、……多数のヴェトナムをつくれ、でなければならない。」
＊3　黒田喜夫詩集『空想のゲリラ』

北上川のトロッコ流詩《ながし》

（鹿踊りの太鼓　Ⓐ）

天竺《てんじく》の岩崩《くず》れかかるとも
心静かに　遊べ友だち　遊べ友だち
（繰返す）

われは　国見山極楽寺《くにみさんごくらくじ》の不動明王《ふどうみようおう》
色黒く眼《まなこ》をむいた憤怒の形相にて
猛《たけ》る紅蓮《ぐれん》の炎《ほのお》の中
巨《おお》きな石の上に立っている
右手に悪魔をこらしめる剣《けん》を持ち
左手に悪魔を縛《しば》りつけるロープを持つ

こたびの千年に一度という天変地異の災害で
たちまち犠牲になったあまたの人たち
どこへ流されたのか分らないあまたの人たち
まことまこと極みの無念がこみあげてくる

こたびの千年に一度という天変地異
きっときっと縄文時代にもあったのだ
まことまことに　悲しや悲し
天地にひそむ悪魔どもよ
お前たちはことごとく去るがいい
消え失せろ　いかがわしい悪魔ども
見つけ次第　ことごとく焼き尽せ
人間の顔をしたいかがわしい悪魔どもを

われは国見山極楽寺の不動明王
猛ける紅蓮の炎の胸元から
使者《つかいのもの》コンガラやセイタカたち
八人の八大金剛童子《はちだいこんごうどうじ》を放つ

サンゴ橋の下
一万個のトロッコを流す四艘《よんそう》の舫《もや》い舟《ふね》
不動明王の聖なる火群《ほむら》が
トロッコに点火され

暗闇《くらやみ》の水面《みなも》をあかあかと照らし
八列に広がったトロッコが
ゆったりと流れてゆく。

明明《あかあか》と橙色《だいだいいろ》に
トロッコが北上川を流れてゆく
川面《かわも》いっぱいに
国見山《くにみさん》極楽寺《ごくらくじ》不動明王《ふどうみょうおう》の盆灯《ぼんとう》が流れてゆく
途方にくれたあの日から五カ月
ホタルのように群《む》れなして
トロッコがゆったりと流れてゆく
散歩するわたしたちの歩みと同じ速さで
流れゆく一万個のトロッコは
震災からの復興を祈っている
あの日　突っ立ったまま
涙に暮れたあなたが
えがおで手をあげてこちらに歩いてくる
三五〇年ほど前のむかし
川岸《かし》の衆《しゅう》が供養に始めたトロッコ*流し

明明《あかあか》と橙色《だいだいいろ》に川面《かわも》を照らし
黙々《もくもく》とトロッコが流れてゆく
やがて　天空をゆさぶってこだまする花火
天空を彩《いろど》る菊や牡丹《ぼたん》の花火を川面《かわも》に映して
聖なるトロッコの火は
流れゆく水とともに　いつまでも消えない
いつまでも　わたしたちのまなうらにある

（鹿踊りの太鼓　Ⓑ）
天竺の岩崩れかかるとも
心静かに　遊べ友達　遊べ友だち

（鹿踊りの太鼓　Ⓒ）

＊映像制作／北上ケーブルテレビ
ナレーション／遠藤修子・高橋吉信
平成23年8月8日（月）19時15分～29分放映
北上みちのく芸能まつり・トロッコ流しと花火の夕べ

＊トロッコ…岩手県北上では灯ろうのことをトロッコと呼ぶ

リュックの男

三日月の夜　男が思いあまって口走った
――おれ　今　何ができるか
古く陸奥《みちのく》　厨川《くりやかわ》合戦で敗れた豪族安倍貞任《あべのさだとう》
九州に流された弟宗任《むねとう》の末裔《まつえい》だとか

　濁った白眼《しろめ》の改憲論者の大臣
「自衛隊を海の向うまで派遣する」
あしたが閣議決定だと
おれはごしゃげでハーごしゃッばらげだ*
天の「法」を無視するとは
　九条をコケにする気か

リュックを背負った男は
駅におり抗議集会のやや遠くにいた
脱いだ上衣を抱き
ボトルの灯油をしめらした

抜身の新撰組が頭をよぎる
友よ
　愚かな奴だと笑ってくれ

空を見あげたリュックの男は
バリケード状の鉄線をよじのぼってゆく
周りを　ぐるり眺め
足うらの感触を　ひと息たしかめ

マイク手に「君死に給ふことなかれ」
大きな声で読みだした
上衣にめらめら火がつき
炎が男の上衣を包んだ
放水を浴びていた

空を背にした黒い人影が　あかく　もえる夕暮れ
デモを報じるテレビの情景だった

六〇代のリュックの男は

どこの誰だったのか
病院に運ばれた火だるまは息をしていたか
間もなく死んだのか分らない
テレビはそれっきり放映がなく
新聞の片隅にも記事がなかった
二〇一四年六月三〇日のこと
火になった名のない男の抗議を
誰にとどけよう

＊ごしゃぐ……怒る
ごしゃッぱらげだ……憤怒した

雨の中のバラ

冷めたい雨の中
二つ目のバラが咲いている。
冬近いねずみいろの空に
ピンクが浮び
そこに茶けてしおれた大輪が
首のように傾いている。

青い傘さして
ハガキの投函に行く
コンビニエンスストアまで。
信号のある角の空き地では
マンションの基礎工事がはじまっている
すこし前
ここには老いた母が住む一軒家があった。

雨の降る今時分
長い間行方不明だった一人息子が

警察のパトカーに乗せられ
六十男の死体になって帰ってきた。
川向うの山林で
何日か　ひっそりと自活していたのだという。

出世とか誇りとかをさっぱり捨てて
一緒に住めば一番の幸福ではなかったか
拝みながら思った。

ネクタイなど付けなくていい
一つのからだが　御免
お袋よ
「ただ今」と帰ってくればよかったのに

生れたふるさとに戻りながら
なぜか山ごもりした男よ
ふくろうの鳴き声を聞いたか
差し交わす木々の枝の間から
町の明りが見えたろう
お袋のいるあたりの明りも見えただろう
氷雨降る灰色の日に
バラが一輪咲いている。

萬蔵寺《ばんぞうじ》・阿古耶《あこや》の峰にて

大《お》っきな大《お》っきな龍が
天から降りで
長く蒼い背筋をみなぎらせてる
阿古耶の峰
黒灰色の岩場から
二本の髯が北と東南に延び
尾根伝いに
源内沢　阿古耶谷　瑞の木沢がある
　　　　　　　　西の馬頭沢から
　　　　一歩二歩《いちぽこにぽこ》　登り初《は》ねて
　　いきなりの嶮しさに息をのんだ
——軽蔑《ナメ》デ挑戦《カガラ》ネヨウニナサ　気イ付ケテ
　クナンセ　身バ亡《ホロ》ブンチャ
頭上の岩塊の裂け目から
女神像の声がすた
　　たったの二三〇メートルの高さでも

古くから山伏の道場だったことを憶出《あじ》すた

二〇〇〇万年前
ここは魚類　貝類　哺乳類　無数の知らない生き物が
ぞっくり居《え》だた海
火山の爆発で噴煙天まであがり
稲瀬層と呼ばれる硬でェ山地が隆起
黒灰色の角礫岩がむきだしにそば立つ

名づけ伝えた
龍の背渡り岩
鎧岩　兜岩
雷渡り岩
阿古耶の松があった処から蟻の塔を渡り
頂きに
鬼とされた蝦夷《エミシ》の阿古耶丸は
坂上田村麻呂に追《ぼ》われ
北の隠れ岩にひそんだという
烏帽子岩

胎内くぐりの双つの大岩
東南には謎をみごもらせた塚や
右大臣の娘を埋めた恋の口碑がある

頂きの御堂跡にみんなで並ぶ
　熊谷さんが喋べてらた
コンクリの首根ッコ付けられだ
雨乞いの独鈷石《どっこいし》は　何処《どこ》さあるべ
小《ちゃっ》こい石像は
なんだか醜《み》ぐせぇッとも
蝦夷《エミシ》末裔の自分達《わーだ》は自分達《わーだ》の流儀で
鹿の頭骨供え　拝《おが》む
なだみて　ちちに　とちぱれども
たましは　だみならず
あかりに　のこた　びっきにまれば
いきばいき　がも　イッペのカムイ＊

みちのく安倍《あべ》の豪族がつなげた天台宗萬蔵寺
市《いち》があるたび繁昌《さが》った

峰の谷々に七観音をまつり
朱を染めた七堂伽藍があったズども
前九年の役なんかで
坊舎に火の手があがり
礎石や柱跡の其処《そご》さ
うっそおと成長《おが》ってる杉林の向う

寺の瓦屋根が光る本堂に
お在《わ》します
若やかな表情の木造薬師如来坐像
長い風雪にさらされても
あえかにエロスをかもす
白い被衣の女神像が
盃《かわらけ》を手に
自分達《わーだ》を待ってる
　——良ぐお出ったナサ
　たんまりのんでさわいでクナンセ

＊「アラハバキの神」祈祭文

あの時、友だちと

珊瑚橋《さんごばし》の下　中学一年生の夏
ゲートルを首の辺りまで巻いて
キタジマ君と疎開ッ子のツユキ君と三人
カーキ色の軍に染められていた

いきなり山上から現われたグラマン一機が
日の丸にかがやける空
信じていた空を引き裂き
矢じりのような爆弾を二、三発降らせた

北上川の岸辺で草に伏せた
機影が去ったあと
ほら　メガホンをさげた
消防団に橋から怒鳴られたナ

川面からふきあがった
でかい水しぶきのスローモーションが
今でも素ッ頓狂な目玉に
かぶさってくる魔法の傘のような物

機銃掃射をあびたら
たのしい日曜日が
たわいなくやられたろう
誰かが傷だらけになり運ばれたろう

爆弾が橋を直撃したら
爆弾がぼくらの近くに落ちたら
大変《おどげでねェ》ごとになってらたぞ
消防団がかけつけ
近くの人たちがかけつけ
親がかけつけ
先生がかけつけたところで
もはや　手とどかずだんす
実際の方が
素早くぼくらを変形させ
行手をまっくらに閉ざすのだ

＊

同じ夏の日
広島本川《ほんかわ》の土手ぞいに
二列横隊の広島二中一年生たち
点呼中の午前八時十五分
見上げたあお空に
銀色のＢ２９がウラン爆弾〈少年《リトルボーイ》〉を投下
〈少年《リトルボーイ》〉は約六百メートルの頭上で爆発
少年たち三百二十二人は
目がくらみ飛ばされ焦がされ焼かれ
白い包帯姿でよれよれに辿りついた者もいたが
半分ほどは遺体が見つからなかった
残された父母たちは
かすむようにかぶさる恐怖のキノコ雲の下
年月のうつろな窓辺で
〝死児《しじ》の齢《よわい》〟をくりかえし数えたという

そんなことなどつゆ知らず
ツユキ君は慶應大学を出て紙の会社に就職
キタジマ君は新聞記者
ぼくは小さな町の図書館員
泣いたり怒ったり
突ッ返えを吐《ほ》ぎ出し
人間らしく生き延びてきたけど——
ぼくらは今もゲートルを首まで巻いている

＊広島テレビ放送編『いしぶみ』（一九七一年・ポプラ社）参考

入口

さようなら　川風に父が育てた梨の木畑の生家《うち》よ
母とぼくは　わずかな荷物を持ち
長兄《えんな》出征中の
新富町　魚元《うおもと》商店に転げこんだ

魚屋の並びにあった料亭東京屋
夜になれば酒と三味線にさんざめく
嫂《あによめ》はそこで働いた芸者だった
女手ひとつ　世間の目がどんなにきびしかったか

育ち盛りの子ども四人を抱え
朝早く市場の魚箱をリヤカーで運び
黒のゴム衣姿で立ち働く日々に
もたらされた元治《えんな》フィリピン沖にて戦死

店の何もない裏手を金蠅が飛ぶ
あおい鱗《こけら》のへりついた空き箱に腰かけ
カーキ色の少年が文庫本を読んでいた
六月　飲食店《のみや》街の昼下り

詩人とは　第一に人　第二に人　第三に人*
あたりまえだけどあたりまえではない
戦いが終ったあとの空を見あげ
いくたび口ずさんだことか　いくたび堪《こら》えて
　きたことか

*石川啄木「弓町より（食ふべき詩）」
*日本現代詩歌文学館開館二〇周年記念展
「一握の砂刊行一〇〇年――啄木に献ずる詩歌」の出品作を
一部改作

班長

四がつついたち
町内会のはんちょうになりました
はんちょう日記をかこうとおもい
じてんしゃで
百かてんへゆきました

西かん二かいの百えんショップ店では
ノートが二さつ　百えんでした
（まえですと三さつでした）
二Bのえんぴつをさがしたら
ちゃのボールがみケースに
「消しゴム付鉛筆」が十二ほん
すぐかけるようけずってありました
けしゴムはお飾りのようでした
はんないのできごと　こうえんのくさかり
しげんごみのかかりのれんらく
こうほうくばりや区かいひのしゅうきんは

つきとうばんにおねがいする
となりからとなりへとかいらんばんが
じゅんばんにまわってくる
はんちょうのやくめも
じゅんばんにまわってくる

トントン　トンカラリンと
となりぐみ
まわしてちょうだい　かいらんばん
せんそうちゅうのうたがくさのはのように
くちびるからこぼれてきました

四がつついたち
はんちょうという文字のらいれきを
気にしながら
いえのいりぐちに
だい三区二はん班長とある
しろいなふだをかけました

ベーリングの塩鮭《しおびき》

きみとぼくのあいだに
あおいベーリングの気流が湧いて
きみのからだのなかからあおい気流があふれだし
ぼくのからだのなかをさらに濃くめぐっている

二階の席で「合唱の午後」を鑑賞した合い間に
越後のしおびきの話をしたら
帰りには一緒に行ぐ《え》行ぐ《え》べと
階段をおりるのももどかしいほど

きみは船から身を乗り出すように
肩を並べて通りを歩みだした
きみは何かに引っ張られるように
百貨店の方へズボンの風をそよがせた

あれ　どこへ行くのと　うしろで声がした
一瞬けげんな顔をした夫人が友と追いかけてくる

こんなことが一度ならずあったとは思えない
荒波のベーリング海峡は霧にまぎれ日暮れた

しおびき　また食べたくなり近くを探すが無いと
夫人がわざわざ東京の築地に出向いた
たずねたずねたはずれの通りで越後物を手にいれた
きみは塩鮭を食べてガンになったのではない

砂糖入りの漬け物になったこの頃の世の中
きみは　あおいベーリング海の塩鮭を好んで
誇るべき画文家になった
曲った手指で書いた詩文の一字一字が

絵を生き生きとさせ
宵宮の朗読会では
花のイルミネーションをつくり
天竺までとどかせた

（亡き三浦茂男へ）

川波の声

西の国を旅するアイヌの水神からメールが届いた
　公害の毒にしびれ青じろに病む農漁民のあまた
　死者が出て裁判になっとる
　北のみちのくは如何《とう》じゃ
　川魚の生態《なり》を調《み》たいもんじゃ

灯影の下　目やに溜めけだるく暮すおれは
メールの文字にがばと覚め
薄明の舟場へ急いだ
折からの南風《なえ》に帆を孕ませ川を上った

黒岩《がんけ》の辺り　投網にぴんぴん跳ねる雑魚
三《み》たび四《よ》たび　舟底がいっぱいになった
お蔭さまだんす*1　取った雑魚をば送り申すだ
苦くて甘い内臓も賞味すてくなんせ*2
炙った串焼き　ほかほかのお蒸し雑魚《ざっこ》

月を眺め
なじみの仲間とどぶろくで飲み明かした
朝霧に　川上から水神の声が聴えてきた

　曲がった川魚がまじっておった
　旨いもんばかり追っかけるこの頃の御時世
　お前らも汚染されてみにくいぞ
　くれぐれも気ヲツケルヨウニ

声を聴く　櫓をこぐ流域の人びと共に
日に光る川波がアイヌ語で語りかける
ウコチャランケ　ウコチャランケ　ウコチャランケ
（互いに目的へ向かい言葉で討議しよう）*3

この川は　流れ流れてむかし水運で賑わった石巻へ
あの日　黒い逆流が近くの小学校を砕き呑みこんだ
青い川波から　ウコチャランケ　ウコチャランケ
流域で励む仲間と　流されない明日をつくる

＊1　お蔭さまだんす＝お蔭さまでございます
＊2　賞味すてくなんせ＝賞味してください
＊3　ウコチャランケ＝アイヌ語の意訳

ちいさな蛙

ちいさな蛙が一匹
雨ふりあとの　コーフクの木の葉っぱに
ちょこんと　のっかっている
どこから来たの　一匹の蛙

ちいさな蛙が一匹
かんかん照りの　コーフクの木の葉かげで
葉よりも　つやな色をして
ぢいっと見ている　聴いている

ちいさな蛙が一匹
かんかん照りの　コーフクの木の葉の上に
黒いうんこをしていたよ
虫でも食べたか　だまりこくってる

ちいさな蛙が一匹
かんかん照りの　コーフクの木の葉かげ

ほった土の　穴のなかで
目ン玉二つを　空に向けてる

ちいさな蛙が一匹
雨ふるなかを　コーフクの木の葉っぱから
ぴよーん跳んでった　跳んでった近くの木かげ
それっきりもどってこない　ちいさな蛙

ちいさな蛙が一匹
どこへ行ったの　コーフクの木の鉢に
土のお家《うち》がまだあって
そこへぽたぽたの雨　ぽたぽたの雨のふる

ちいさな一匹の蛙さん　元気かい
春になったら　おおきくなって
日和《ひより》の風に目ん玉光らせ
ぴょんぴょん跳んで　またおいで

この空の下で

アリ一匹も通させない海上自衛隊の営庭
白い手袋が園児に声をかける
国旗の掲揚　ひびきわたる軍艦マーチに
日の丸手に手に　いっしょうけんめい
一列やら二列やら　くの字への字の行進だ
敬礼する隊長に日の丸を振る
「予科練の歌」や「愛国行進曲」も歌った
テーブルに並ぶ　さくらに錨のケーキやチョコ
園児を肩の上にあげ　ぐるぐる回しをした日々
　隊員ノ士気ヲ弥《イヤ》ガ上《ウエ》ニモ鼓舞《コブ》シタと
女性の防衛大臣が学園に感謝状[*1]を贈った

秋晴れに運動会がはじまった
壇上に立つ四人の園児　右手あげ宣誓のことばを
たどたどしくも唱和した
　大人の人たちは日本が他の国に負けぬよう尖閣・
竹島を守り　安保法制国会通過よかったです安倍

首相がんばれ今日ぼくたちもパワーを全開します
日本がんばれエイエイオー

めんこい園児たちよ
戦争中　ぼくら皇国少年は　奉安殿[*2]の前で
「撃チテシ止マン　欲シガリマセン勝ツマデハ」
唱和させられたんだ
あの時と　そっくりの様子だね

やらせの理事長さん　あなたは
「デカシタ」とにんまり悦ぶ大臣さまと
「心一つ」の握手をしたのでしょう
見えない手づる金づるで
お役人さまの認可も得たのでしょう
安く買ったガレキの国有地　鶴の一声もあったとか
この空の下　記憶がないと言い続ける人の多いこと

＊1　発覚後撤回した
＊2　御真影・教育勅語謄本を納めた学校施設

ある難民

――詩による自伝の一章

観音堂《かんのんさん》からカジ屋敷といった柿の木まで
棒や竹竿の戦争ごっこに飽きると
餓鬼めらのぼくたち
誰かの掛け声で唄いながら歩き出していた

　朝鮮の黴《か》ぶれ女ご
　赤子《あかご》っこ産《な》すべと大根《でごな》産すた
　産婆さんさ持って行《た》っけ　煮で食《か》れだ

広い田のなかの道を通り　火の見櫓の近く
寺小路のすたれた小店の前をさしかかる
馬回り道から木材置場のトロッコ線を伝い
川沿いに出て橋を渡り　桜並み木の北はずれ
粗末な萱ぶきの前でいちだんと声を張りあげた
観音堂の裏手にあった　二階建の川岸の家
三人の兄は戦争へ

母と末っ子のぼくが住んでいた
昭和十九年の春
許されない結婚をした姉が東京から疎開
（生まれたばかりの合の子を抱き）
主人は鄭然圭《ていぜんけい》
皇道の文筆家　柔和な面持ちをしていた

留置所を釈放されてからの
義兄《あに》は　どこかやつれて目がくぼみ
ヒステリックになり
家の中の折合いがひどくなっていた

秋の夜
十歳のぼくが　骨折の癒えた母に手を引かれ
長兄出征中の魚元商店にころがりこんだ
それから町のあちこちを十余年間借り生活
やっと引揚げ者住宅に落ちつく

あれは四月の

――川岸《かし》の家にて――

あれは四月の　けだるい昼下り
ぼんやりぼくが寝ころんでいると
トラックのとまる音がして
誰かが玄関先で呼んでいる
はーい
ジャンバーのおとなが立っていて
製紙会社からの荷物どこさ置けばいいのか
ああ　母の言いつけを憶い出し
表のガラス戸を開けはなつ

あれは四月の　けだるい昼下り
風がさやかに頰っぺ吹きぬけた
トラックからジャンバーのおとなたち
ヨイショヨイショ　どっとどさどさ
方形に紙をそろえた包荷をおろしては運び
ヨーイヨッコラ　どんどんどさどさどさ

方形の紙包の荷を　どんどさどさ四方に積み
積んで　あれあれ天井近くまで積みあげると
トラックは砂じんを巻いて帰っていった

あれは昭和十九年
わか緑に陽《ひ》のきらめく四月
川岸《かし》の家に
空襲を逃れた
疎開の姉夫婦を母とぼくが迎えた

時どき母と姉は口をとがらしている
味噌汁醤油汁がどうのこうの
うまくゆかない本家や近所とのつき合いとか
かたわらでだまって穏やかに聞く
夫の鄭然圭《ていぜんけい》
時には寂しい目付きや険しい目付きを見せた

鄭然圭は在日の知識人
東京小石川に自宅があった
同じ朝鮮出身の書生二人もいて
雑誌「皇道の心」を編集発行*
姉は雑誌広告を担当していた

誰かが井戸に青酸カリを散らした
そんな噂が川岸《かし》に広がったことがある
彼はスパイ容疑で警察にしょっぴかれ
非道《ひど》い拷問を受けたことがある

(あれは四月の　けだるい昼下り
(思いがけないことばかり
(夢にならないことばかり
(水びたしの黒い穴は今も乾いていない

＊雑誌「皇道の心」の誌名は私の記憶による

モンツキバカマ

モンツキバカマを初《しょ》でぬ着てみた
眩《ま》っぺーさがどこがにあって
おっちゃかまっちゃか　でばかばすてらた
袴をはくだんぬなって
両手さぶら下げ　繁繁《までェ》ぬ見だも
長《なん》げェスカートさ紐コがついた按配《あんべい》だ
おふくろや姪《めめらし》の前《めェ》を歩《ある》ってみだ
おれは畳の上を騒《じゃわめ》ぐ手風琴

慣れねェ手つきで白の足袋をはぐ
（何時《えっつ》もど　ちがうおれがいる）
今度《こんだ》は桐の下駄　突っかげでる所《どこ》さ
ハイヤーが来た
仲人のモーニングど一緒に乗る
皇御軍《すめらみいくさ》の加護を祈った諏訪神社《おすわさん》
ご無沙汰すてらんちゃ
爆撃されず腐れもせず

芭蕉の「猿蓑」の句碑を小脇に
杉木立の間《えだ》っこが霞たなびいでる
あかんべーの舌《べろ》出すたたども
生《ま》れだ所《どこ》の
産土神《かみさん》崇《あが》めでだがら来たまちゃ

開かれたパーティの腰掛さ
おれの抜け殻《がら》を置く
海の塩で揉まれだ真珠貝も並んだ
祝言《ゆわエごと》のひとつぬ
サイトウのモンツキ姿は
今日《こんにち》の民主社会に逆行する
この封建根性は誠に遺憾である
ばさっと叱《くら》れだ

お父《と》ちゃがら継いだモンツキバカマ
長兄《えんな》は魚屋《えさばや》やってらたども
四人《よったり》の童児《わらし》ど家内《かっちゃ》を残すて
フィリッピンの海の船

魚雷が当《あだ》って戦死《せんす》すてすまた
長兄《えんな》のその形見を着たまであんす
サイトウの抜け殻は
棒見でぬ立って弁明《しゃべこと》すた

＊一九五八年、おいらの結婚パーティ

義理しび考

1

鮪のことを
八戸《はずのへ》や気仙の浜では
しびと呼ばてらたの
家《え》の辺《だ》りは　すびと言《そ》ってらたヨ

ホリャ　良《え》ーしびだ
市場の競り声が
山合いの平野《てア》さきて
行商めぐる魚屋《えさばや》の口々を伝って
何時《えず》の間《ま》にか　すびぬ訛ったよだステ

何故《なし》て義理さ鮪が寄《く》っついだのス
そったな面倒臭《くせ》ェごと　おら知《す》らね
義理すびを　欠がすてはならねッテ
記憶《あず》出せば　何回《なんけエ》も言《そ》われだ気する

助ケタリ助ケラレタリ
今《えま》は　何んも彼《か》んも薄ぺらになってすまた

2

赤紙《あげかみ》コもらった若者《わげもん》が　兵隊《へって》さ取られ
村あげで門出の祝儀《いわえごど》すた
彼《あ》ッつ立てれば此《こ》ッつ立だね
板ばさみになた律義《りちぎ》の青瓢簞《びょうたん》が
愚図めたこともあって大変《てへん》だったのス

義理しびが
調子《あんべ》悪くなたのは　戦争負げでがらだヨ
戦後民主々義だかてゆうのが
のさばって一向《えっこ》ぬ融通《めぐれ》ねがった
ンでも　真《ま》ッ昼間《ぴるま》のパチンコ店から
聞けできた
「義理がすたれば　この世は闇よ」の流行唄《はやりうた》
そすたら本当《ほんと》に　この世はどす暗《ぐれ》ぇ闇ぬなた

東さ行っても
南さ行っても儲《も》げたとか損すた話《はなす》コばり
今度《こんだ》ァ　男が代議士《しぇんしぇ》の屋敷さ火付けて焼いだ
川で母《あっぱ》が愛《め》んけ幼女《めめこ》を殺すたり
息子が寝《ね》でらた父親《とど》を叩ぎ殺すたり
途方《とっぺず》もねぇごどばり起ぎでハー

義理しびは
蜻蛉《あけず》飛んでる縁側の日溜まりで
干され萎《すから》びて
薄目開げたまんま息すなぐなったのだっか
酒粕　ヨーグルト　朝鮮人参よ

水流れる堰を作るべ
彼《あ》ッちゃ此《こ》ッつさ　川になる堰を作るべ
同士達《どしょもこ》と　作るべ
永遠ぬ居眠《ねぷかげ》すては分がねんちゃ
時たま　神楽で憤怒《ごしぇ》で見るのも良《え》がんベナサ

橋

秋の夜にあなたを送る。
母は提灯を手に
あなたと並んで前を行く。
月が　かげったり見えたり
（小さかった私は一ど二ど駈けたりした）
銀いろに光るすすき道に出ると
だまりこくり尾いて行く。

川ひとつへだてた
向いの立花村から黒沢尻の川岸《かし》へ
きらきらと嫁入り道具の馬車が
橋を渡った日。
川沿いのゆるやかな坂をくだる。
醬油屋惣左衛門の店
枕流亭前を過ぎてほどなく右折。
黒い桜の幹越しに観音堂が見え
西方に向うT字路の角に嫁ぎ先があった。

秋の夜にあなたを送る。
川ひとつへだてた
向いの立花村へ。
あれから何日がたったのだろう。
ときおり　母が途方に暮れたように
涙ぐむことがあった。
祝いの宴をあげた日の夜に
長兄《えんな》は行方をくらまし
家にもどらなかったのだ。

秋の夜にあなたを実家に送る。
かなしみは棄てなさい。
——もうなかったことにして
渡ってきた珊瑚橋。
その同じ橋を引返す。
月の見えない今のまに。
庭先では菊がにおってるだろう。

連帯

一九六二年九月三十日午前四時。
道路に背を向けているぼくら一行に
君は声をかけて行った
黒いワイシャツの腕をたくしあげ
二つの集乳缶を右手に
左手は自転車のハンドルをにぎり
きみがこっちを見
ぼくらが「おお」と声をあげ振り返る
そのとき
きみの口にくわえたタバコのけむりが
初秋の空間に淡い抒情を立ちのぼらせた
いさぎよく投げだすこと
きみがになうべきものは何か
充分自覚ずみのきみに向かって
なぜぼくは問うのか
過去に入りこみ
パンのみならず
見えない書物を奪回しよう
さあ　ひとときの別れがきた
ぼくらは安心して川尻駅までの切符を買い
ホームに並んで待つ
岩と方言と著しい故郷の変貌が
いま　きみに抱かれる
人造湖《ダム》の風を受けている娘のように。

牧歌（第3番）

いまは　とても牧歌が要る時代なのだ
黒い円筒の男が言う
いまは　とても暴力的に牧歌が渦巻くのでなければ
白いステッキ杖の男が言う

あなたは　懐かしさだけの　優しさに包まれ
せり上げられ　美しいポスターにされ
電車で駅で街頭で
視野欲々の風にさらされて

真珠色で　あなたの耳　つややかな
楕円形の乳房　から　したたる
甘いかなしみ「七年目の浮気」の
臀部が明るくくねて

モンロー
マリリン　モンロー[*1]

そこにいつどこからきたのか
なんと　おびただしい油虫が群れて
閑吟集が音たてて読まれているようだ
油虫の大群が去ると　こんどは

鈴を鳴らして
ひきもきらさぬ赤蟻黒蟻の行列がきたもんだ
おまけに　サーベルをきらめかせ
カーキ色の軍団が埃り高くかぶって現われたり

黒い円筒の男が　うそぶいた
おめぇの耳　月夜茸《つきよだけ》
おめぇの乳こ首　めぐらぶんどダヨ
みんなは　好き好きに嚙じったり食べたり

酔っぱらって扇子に叩かれ踊り出す
変《おがす》な目付きになって狂って行《ぐ》

カーキ色の軍団と共に　お見事ダヨ
「現実」から消え果てていた

人気のない原っぱに蟻の通った道が凍りつき
蟻塚は　明日の観光地になると言《そ》ったのは
どこのどなたさまだったべ
予算付ぐのは　何時《エズ》のごどだベス[*2]。

黒い円筒の男と
寒そうにふるえる
白いステッキ状の男が
暫くのあいだ
曇り空をあおいでいる　と

ふりだしてきた雪
昨日《きんな》も今日《えま》も　のんのんふりこめるまを
お日さまのひかりがみえかくれ
息はぐよな雪ふりのなか

叫びがふたたび雪をふるわせた
マリリン
マリリン　モンロー

＊1　アメリカ映画女優（一九二六〜一九六二）
＊2　いつのことでしょうか

馬の国の領主

1　城跡

二子トバセの城あとに　月が照っている
消され封じこめられた馬の国の領主
ながい星霜のほとりに月が照っている

野のあちこち
散らばった文字《もんじ》や薄れゆく記憶のかなた
口伝えが立ちあがり　明かりがともる
霧のなか　血のまじった川の匂い
遠く近く　馬のいななきが聴こえてくる

あぶり出された　いちまいの絵図
朝な夕なの声とか音を
夢のように辿ってゆくと
現れてくる
いくつかの山城や館《やかた》
林を流れる川に　吹く風があたたかく

泥にくるまった
馬のたてがみは　ほつれ
水面《みなも》にたなびくのが映ってくる
青い空
馬の表情はなごみ
瞳が　葦の茂みに立つ私を見ている

2　馬の国

城壁の崖下を青く流れる北上川が
右岸の黒岩へ
白のさざ波立て大きくうねり再び南下
びょうびょうたる流れをはさみ
西の方《かた》　峻しい奥羽の山脈《やまな》みがなだれたところ

和賀川流域の原野に
千頭もいたという横川目野馬所《のまどころ》*1
須須馬子《すすまご》の野馬　桜ケ丘野馬は藤根
日戸《にっぺい》に牧一つ　江釣子《えづりこ》の岡田八幡社

広がる眺めの国見山は　俤野馬《ものみのま》と呼ばれ
ふもとに立花があった

3　都大路

京都所司代の一役をになった馬上の領主
引立烏帽子《ひきたてえぼし》の晴れ姿が
さっそうと　人だかりの都大路を行く
さすが名馬の産地　みちのくの領主殿じゃ

なんのなんの　吾《わ》の技にあらず
かのアテルイは安久利黒《あくりぐろ》の血を継いだ
安倍氏黒沢尻五郎正任《まさとう》以来の野馬
和賀《わっか》の清らかな水をのみ　器量ある飼い主
手伝う子供《わらしやど》が精出した賜物で
龍気あつめた天気のせいでござる

和賀馬の領主は　盃の酒をゆっくりのみほし
カンラカラと笑って天を仰いだ
北の七つ星が　さんぜんと輝くのが見えた

4　再び城跡

吾は　この地に眠る
馬を育てた領民たちと
シャガ[*2]の咲く　トバセの地に眠る

薄むらさきいろの
ちいさな花
シャガは
五月　城跡に群れて咲く

いつも剣状の厚い葉緑を茂らせ
合戦になると　火の矢を消した
そのシャガの根方に
吾は　永遠《とわ》に眠る

＊1　牧草地を産馬・育馬の場所
＊2　アヤメ科で湿った日陰でも美しく咲く。
　厚い葉は火勢を弱める働きをするとされる。

和賀世界

やっぱす
和賀岳の　周《あだ》りがら
雲っこ　湧いでらじぇ
草刈り馬《ま》っこみでに
こっちゃくるぞ

和賀岳がら　流れで
うたう奥の水
和賀川のはじまりだと

おら　行ってみでぇ
とってもきれいだと
晩げに木の中さ泊まって
ケァルィ*の声聴きで

おらのさすらい　和賀世界
岳から吹いでくる風に
ずっぱり吹がれで
岳の川水
酒このように飲んで洗われで
ばったり　であうべな
白《すろ》い馬《ま》っこと

沢内　七つ沢　日が照れば
残党流民の　幻館《まぼろす》　現れで
およね地蔵に　ふる雨雪《ゆぎ》の
一百十日　凍《す》みで溶ければ
春くるじぇ

*ワガノキミケアルィ。奈良時代初期（七二〇年代）に和賀地方を治めたエミシの族長。生没年不明。

雪の情景

　　ひと晩降りつもった
　　雪の中の
　木々に
さまざまな帽子ができている
帽子を
家《え》の辺《だ》りだばシャッポと言《ゆ》う

ホテル料理人の帽子
ひさしをとった野球帽
宮沢賢治がかぶてらたソフト型帽子《しゃっぽ》
ベレー帽に鳥打帽《ハンチング》
麦わら帽子
遠くにはバッキンガム宮殿のずらり並んだ衛兵帽

石にも天気と風の業《わざ》ができて
あざらしや熊の子がいる
亀が

詩人を甲羅に乗せ
世直しの仕度だ
電線には天にのぼる龍が狙っている
軒下では雀の足跡がローマ字を連ね
深い雪を踏んだ長靴の跡がぽっかり穴をあけ
歩って行《ぐ》わたしの後に続く

日の照りはじめた
こんな雪の日に
わかい神の　君よ
ひと通り走って汗をかいたら
大の字に寝ころび
陽を染めた灰色の空を仰ぐんだ

　顔を雪に埋め自分のお面をつくったら
燃える頬で雪を溶かそう
この雪の下には
戦乱をくぐったわれわれの瓦礫がある
雪から神が生まれる時代がきてらぞ

花かご石の子守唄

—龍神石の伝説より

（北の中世豪族和賀氏四百年祭に寄せる）

1

つるくさつんで
花かごつくりましょ
　ねんねん　ねんねこ　ねんねこや
ののはなそなえ
姫さまとあそびましょ
　ねんねん　ねんねこ　ねんねこや
火の手の城は
ながしましょ　あそんだら
　ねんねん　ねんねこ　ねんねこや

姫の花かご　瀬打場《せうちば》あたり
　ねんねん　ねんねこ　ねんねこや

2

やがて　花かご
かわのそこ　こもり子守りの
　やーえ　やえこ　石になる
かわのその石
むらびとおおぜい　姫石を
　やーえ　やえこ　堰のそば
姫の花かご
　やーえ　やえこ　神楽まい
かわのそこから
花かごの石　姫の子守りの
　やーえ　やえこ　石たてた

雫石地方の子守唄

一

えじこ*1飛んで来《こ》　岩手山《おやま》の頂上《てっぺん》から
緑の畦には　陽の光りふりそそぎ
童子《わらす》　あんぐり口開げで　ベロたらすて
えじこの中《なが》で　眠《ね》でらった

えじこ飛んで来《こ》　朝焼け夕焼けの空染めて
UFOのように　一杯《いっぺえ》飛んで来《こ》
へのごになって　女ご達《だっ》さ種つけろ
夢見小僧を一杯産《な》せ　産さねば実《さね》えぐり　へのご切
　てなぐる

えじこ飛んで来《こ》　エミシ太鼓叩《たで》ェで
日高見国のアテルイ様　拝んで祭れ
安倍一族や八の太郎と菊酒のんで
踊れや歌え　ぎった　ごたごた　月傾くまで

えじこ　飛んで来《こ》　雪光る駒ケ岳《おこまさん》の
苗取爺《おんずたます》の魂乗せでよ　えじこ飛んで来《こ》
婆《ばんば》は眠《ね》るじェ　こたこたずくなって百年千年
ブラックホールのえじこのながで

タンタン雫の　音聴きながら

二

虹かがる赤沢の　金山《かなやま》あどを掘ったけば
大《でっ》けェ赤石と小指ほどの佛《ほどげ》出ハたたど
大《でっ》けェ赤石さ　字《ず》彫ってあったずども
みみずっこみでな字薄れでハァ
誰《だ》あれも読めねがったど

雫石たんたん　虹消《け》ぇで　雨ふってきた
安倍の大将《てえしょ》　ひげもじゃら
安倍の大将　べそけぇで泣《ね》だど
雫石たんたん　雨あがり
峠の南畑では

五つ葉のあけび草　生《おが》ったど
雫石たんたん　狐こんこん
狐火ゆらり　夜這い腹這い
沢内あんこ*2の竿おがれば
まがき野マンコ　高前田タロテ
長根ナンコ　大森オンコ　笹森サヨコ
大変《でえほで》ど　実《さね》熱ぐなってハ
明け鴉渡るまで　雫石ダンダン

*1　藁製の乳幼児を入れる籠。親が田畠で稼ぐとき使った生活用具。
*2　若者のこと（方言）。

鬼剣舞《おにけんばい》

茶と黒に色どられて　かげをもつ
つやな土産のからげ*から
ほがほがと酒コかまてくる
ひとはだのかまりこすてくる
月の夜　剣舞《けんべえ》の笛も聴けできた

からげで　とろろいもを擂る
すりこぎ回し　名物のとろろいもを擂る
ねばりの白くしとやかなうねりに
卵や刻んだねぎをまぜ　御飯《まま》にかけ
食めば　みつみつと精がつくもんだ

朗らなる朝のお立ち　今日はお祭り
角《つの》のない鬼面の阿修羅が
刀差し　手には扇子
安倍貞任《あべのさだとう》合戦の　大口《おぐち》を腰にゆらめかせ
いちにちいちや　だんつく　だんつく
盛りあがる筋肉むき出しに
躍りあがって踊り狂う　ざしっ、、　ざしっ、、

五穀豊穣　世の平らかさを祈る
だんつく　だんつく　花に旨酒　はげめやはげめ
通り雨降る松並木　さわぐ桶屋の角辺り
春なのか　秋なのか　だんつく　だんつく　だんつ
くだん
女狐も添うてまぎれて通るばい
すりこぎのかまりこすて通るばい
酔うては　闇明りの黄に更け行く夜半の
だんつく　だんつく　だんつくだん

時治馬《ときじま》っこの　お方《かだ》ァ
中野弥平エぬ　やーられだぁ
オーン　オーン　オーン

月も傾く　松並木　女狐そよと消えて行く
だんつく　だんつく　だんつく　だんつくだんだん

＊擂り鉢のこと。

一ぽこ二ぽこ　土のあな
天からもらった黒い甕
四方八方ににらみをきかす
あくまを見つけ
弓矢でたおす
ぽこさい　ぽこさい
あらかたこらしめる

二ぽこ三ぽこ　風のあな
天からもらった赤い甕
和平のふくろをつめておく
病気の神は追いだそう
ぽこさい　ぽこさい
ヒューヒュラ　ふわり

三ぽこ四《よん》ぽこ　水のあな
天からもらった青い甕
山ぶどう酒のなみなみを

地の神さまとのみほして
剣舞《けんばい》ぼくらが地を踏めば
でんでんでんすこでんのでん

四ぽこ五ぽこ　火をたいて
天からもらった白い甕
知恵の実ぎっちり春をよぶ
土台づくりがはじまった
剣舞ぼくらが地を踏めば
でんでんでんすこでんのでん

（この家《や》めでたやおめでたや）

＊一ぽこ二ぽこは、黒沢尻町の昔話「瘤取爺」に出てくる。
たぶん一歩二歩のことかと思われる。

若宮八幡宮

講の仲間と
空に伝来の幟りばたを立ちあげる
風のなか
馬が遠くでいななく

森のなかの社《やしろ》
川の湊まで東西にのびた道
ぽつりぽつりと家屋敷
いちめんの田んぼが水を光らせ広がる

朝まかた　別当は清水《すず》を汲んだ
この聖なる水は
さくら咲く梢のかなた

白銀の雪をつらねる
西領《にしね》の谷々で
ながい時間　木の葉や橅の蜜になじみ

地下の水脈をとおり丹波清水《たんばすず》で湧き出す
川岸倉へ
米俵を積んだひとはずなの馬ッこが行く
きのうは
殿様の列がうたうたい舟場《ふなば》をわたった

でっかいゆあごと一匹の鮭を
供えた祭り日
「やぁやぁお立ち会い　これは河童の妙薬ぞ」
飛ぶ吹き矢に花火があがる

旅芸人は義経のじょうるりこを語り
おみくじを引いた女の子が
ほおずきをだいだい色に吹いている

塩をはこんだ
若宮八幡
盗まれた神像が戻ってきたよ

西の通りに
古着商が増えている

近くに鉄道の駅
松並み木の平和街道
賢治が目にした馬宿もカナグツ屋も消え
ホテルやマンションが立ちならぶ

風の九月
子どもたちの目には
空をうつす
幟りばたがひるがえる

火の神さま　火事が起きぬよう
戦《いくさ》の火種をなくすよう
五郎御輿《みこし》をかつぎ　ワッショイワッショイ
はちまききりりが水《み》ぎわでみなぎり

伝説

帰還兵がふるさとの駅に着いて
ひとりの帰還兵が
油のように溶解《と》けた

戦闘帽と
毛布一枚がホームに遺っていた

星ふたつの一等兵
名前がわからない
家がどこかもわからない

彼は何人の敵を殺したのか
戦闘帽かぶり銃を手にした
兵士の影がゆらゆら
夏の残光に揺れている
鉄路の上

秋が来ると
コオロギがそこへきて
チロロと十萬年鳴かねばならない

におい

駅には鼻をつまむ臭いがある
駅には匂い立つものがある

そこへ向って
冬の青へ向って
おらは今《えま》も歩ってる
棒ぬなってぶったおれるまで

声

日の丸
就職
勉強や約束
出会いと別離

切符ひときれの改札口
駅にはたくさんの声が詰まっている

その声が
お前《め》にも聴げできたたーべ

うでナ
豆すぐナ
また会うベス

ねじ花

爬虫類が地表の暦を通った　亀裂する時刻の
夏の日に　ねじ花が淡い紅を咲かせ
直線状の葉が　絶えず風を切っている
茎の半ばから自らを呪縛する硬い蔓をぐるる巻き

遡る時間のおびただしいフィルムに
優しい方言や怒鳴り声や泣いたあとのまばたきや
瘤を孕み　人の境涯を抱く花穂の
曲り角の楕円には　宇宙のレンズがついている

お前は　何んで
自らの生態系に螺旋を巻きつけて立つのだろうか

（花開くとき　捩れを身で編むとき
音を出すという　友人のさり気ない話）

うらみつらみの沙汰で捩れたのではない
天へ梯子をつくる意志の表象装置なのだから

蟻が　慌しく直立する茎をのぼりくだりしている
おや　信号のように光る捩子がそこに落ちてるなん
て

緬羊おぼえがき

緬羊はとっても地上的。
円やかなふさふさの毛のなかに
太陽をあたためている
顔の表情におかしみがあって
澄んだ青い太古の感情をただよわせ
土偶の素朴さが見えてくる。

調べてみたら
祖型は一万年前の
中央アジア高原に出現したと。
その野獣をはじめてみた
原始部族民たちは
どんな叫びを発したろう
どんな方法で生け捕ったろう。

英語でシープ
デンマーク語でシャープ
ドイツ語でシャーフ
古いチュートン語でアヴィス
ラテン語でオウィス
ギリシャ語でオイス
これらいっさいは
サンスクリット語のアヴィに由来し
保護・加護を意味すると。

それからクートン一等係官に電話をかけた
緬羊は　どこからきたの？
アメリカは太平洋の波洗う西海岸
オレゴン州とかアイダホ州とかユタ州から
いま何頭？　百六十頭
飼育戸数は？　四十数戸の農家。
たくましくて思やりがあって
従順で忍耐強く
オスは外敵に対してメスを守り
牙がないので集団行動をとる。
（まるで　誰かさんのように）

やがて　かた雪かんこ凍み雪しんこが
月明の二月をわたる頃から
沢水にゆたかな陽がさし
きらめきにすこしずつ雪が溶ける
三月のまぶしくはらんだ大気から
仔がつぎつぎと産まれる。
「お父さん　家では何頭ふえるの？」
「待ちどおしいなぁ」
「つま先を見つめているとふるえる」
「そうじゃ　生きてるあかしだ」

二郎《ずろ》さんの木

一九七七年八月十二日
わが家の墓参《おほげ》。
並んで歩きながら幸造兄貴から初めて聴いた。
風呂場のそばの栗の木を
　植えたのは
二郎《ずろ》さんだよ。
それにしても大樹にならず
幹が太くなったまま老いている。
　学校へ入る前
木登りを覚えた。若木だった枝を
　しならせて
屋根にとび移ったりした。
　青いいが栗に
生えたやわらかな針の痛さ。

茶色に光る実。

なぜか家から別れる日がきたとき
　栗の木の下に　独りたたずんだ。
　ひとを憎むことを知り
　　栗の木の下で泣いた。

兵隊検査は甲種合格―。
　何《なぬ》もそったなごとすねで
兵隊《へってえ》さ行《え》げば良《え》がったのぬ
天皇陛下《てんのへっか》と軍隊さ申訳《もうさ》げねがらど

わざわざ脱腸の手術さ行《え》って
病院の三角部屋から還《けえ》らねですまた
白いむくろ。
二月の寒め吹雪《ふぎ》。

おめ　勉強すてらが　何《なぬ》読んでら。
漫画っこ。

目つむりたどたど読みを微笑んで聞いでらた

　二郎さん
の顔は。　ガーゼをかぶり
　北向き枕。　近寄って瞼を開いて
見た。　目が動いたと思った。

どうしてあの木が無性に好きだったのか
四〇年も経ってから分った。
戦争が終った夏の日に
ぼくは硬い緑の葉を茂らせた木の下にいなかった。

あの栗の木を誰も伐ってはならない。
たとえ実が実らなくなっても
枝が枯れぼろぼろ地に落ちても
根株が朽ち果てるまで

二郎さんの栗の木を伐ってはならない。

おふくろ

おふくろが死んだあと
古いタンスが三さお遺った。

鉄製の取っ手が一つこわれた
タンスの引出しをあけると
ばばくさい　じゅばんや
つぎはぎだらけの衣類に
戦争中のもんぺ

十六の時　町方の商家から
川岸《かし》の商家に嫁《き》た
おふくろ
若い色に咲いた着物は
自ら腹を痛めた
一女五男のガキメラたちの
見上ゲルバカリノ
成長性に奪われてしまったのだろう

変り果て
金目の物は何一ツない

僅かに
上の入れ歯が一箇
ツーンと
生活史を光らせる。
まだ
何かを
噛じりたそうにして—

陽焼けした
新聞の切り抜きが有った。
皇太子の結婚写真。
「岩手教学物語」花巻の巻
そこに　ぼくと同じ年の
平賀君の写真が載っていた
理学博士だという
製薬研究所の重要ポストにいるという

生れた時から
戦争ッ子に仕立てられたぼくら
空気銃で寒雀を撃った。
雪の枝や電線から落ちてくる
まだあったかい
小さなからだの
毛をむしり
大豆を煮る釜戸の口で
こがすほど焼いた。
醤油をかけた薄い肉
パリパリ鳴る骨
舌づつみをうって食べたよ
子雀の親とも知らず
うめェうめェと食べたよ
まだ水道もプロパンガスも
なかった頃

おふくろのタンス
古い岩谷堂タンス
その引出しの中は
黒い珠数と入れ歯と新聞の切り抜きと
おばあさんのにおいと

二戸駅前にて

ここではヒトが大きく見える。
山せまり平地すくなくヒトまばら
だからヒトが大きく見えると。
へぇー　そうか　おれはもうだまされんぞ。

ここではヒトが大きく見える。
何事かを為さんとして
死んだヒトたちの
魂が　大地をつくってきたからだ。

大の字に　あるいはぬかずくように
　猫背に　うつ伏せに　穴をうがち
あるいは天を仰ぎ目をらんらんさせ
怒り肩して立ち並び

弓矢で星を刺し　けだものや
太陽を追いかけ
森の緑に生き　おろちや河童や
川の魚となって

大地をつくってきたからだ。
ここではヒトが大きく見える。
ここではヒトが神々しく見える。
老人は物言わぬ。

お前《めェ》は　まだ童子《わらしゃど》よ
小便《しょんべん》垂れだよ。
旧エミシ国　ニサタイ村の奥山の
洞窟を太い声がひびきわたった。

沈床《つんちょう》

ツンチョウと叫んで
疾走する　家から川まで東へ一五〇メートル
木小屋のそばにさくらの木が一本　観音堂の道沿い
　に四本
T字型の二番ツンチョウが川に突きでている
川底から石を組んだ構造物で　記録には沈床と書か
　れていた

ツンチョウは
黒沢尻から旧福岡村　岩谷堂につながる珊瑚橋の真
　下
一番ツンチョウからはじまり　川下に向って　二番
　三番とつづき
セイハンといった製材工場のひきくずの山を過ぎた
　所に
おしまいの六番ツンチョウがあった

夏　学校から帰ると
赤ふんどし一つで家をとびだし水泳《みずあび》をした
ツウチョウとツンチョウの間は　淀みとなっていて
　深かった
蛙泳《びっきおよ》ぎの者でも一番ツンチョウから飛びこみ　流れ
　に任せて
二番ツンチョウまでたどり着く
溺死者なんていなかったよ
駒の鼓動がはあはあ言っているだけなんだ

冬　ツンチョウとツンチョウとの間に　びっちり氷《すが》
　が張りつめた
張りはじめの頃　薄いガラス状の氷面を滑ってゆく
　と
キーンキーンと亀裂する幾何学模様の線が四方八方
　に生じた
ほんとうは死んでいたかも知れない
ぼくのからだに爽快感がみなぎっていた

カザリン・アイオン台風が　この石組構造物を破壊
した
いや近代文明という奴が見限ったのだ
川端にいっぱい茂《おが》っていた猫柳や笹薮もない
コンクリートのなめらかな堤防の下には
高校ボート部のボートが見える
ツンチョウと呼んでみる　上川岸《かみかす》・中川岸《ながかす》・下川岸《すもかす》
酔っぱらって気がつくと川岸をさまよっている　ぼ
く

大槌町にて
—3・11—

光がよどむ海の方へ
斜めに走行中の車
彼女は小声をあげ
いきなり車を停止させ
ひと息つかず
路を引き返した

慣れた路を迷い込む
誰かのように
ついつい入ってしまった
その先には
流れた親戚の住居が在ったようだ

（忌避したわけは
何だったろうか）

彼女はハンドルを握っている
仮設住宅の和野っこハウスに着いた
医師を乗せた東京の車から
段ボール箱が運ばれている

（問うてはならない）
ふるえがきていた彼女に
いとこの青年が運転を代わってくれた
海の見える高台で
泪の町を一望した
生きよ　と

—タケシ
お前には　我慢の心がない
辛抱して働きに行きなよ
話の分かる社長さんだもの
そのうち　ううことがきっとある

—姉さん
そりゃ　あんまりだ
一度となく　胡麻かされだまされて来たんだよ
カネも底つき　今夜は友だちにころがりこむ
何とか一万円貸してちょうだい

＊

賃金の不ばらいが二ヵ月に及ぶ
仕事ののろさ下手さに怒鳴られ
いつの間にか
ヤーさんそっくりの
凄みを浴びせるようになった経営者
入社時の夢がついはて
作業を投げつけ　小さな会社をやめた

＊

労働組合が経営者と肩を組み
働く者を遠くへ送りこんだり
リストラの下請けをやるようになった
まことに　情けない役員さまさま
どの面して組合のバッジをつけているのか
こんどは人材派遣会社が　一ヵ月更新の契約をはじ
　めた
ふらふらな若者を　マーカーでしるしては
×や○　人数の需要をととのえる
しがみつかざるを得ない残業手当
夜から朝までの交代に睡眠不足が続く
工場の床下には　クモの巣にからまった過労死の首
　が垂れている

これを横目に　会社はむろん組合役員も
防菌マスクをかけて　濡れてに粟だ
賃金の一部をはぎとる派遣会社は
良識と信用の誇りをメールする
罵声にはすっかり慣れっこになり
ひたすらかしこまる

白波けたてて

弾道ミサイルと結びつけた「国難」とは何事ぞ
「国難」を作ったのは独裁者ぶったお前だ
憲法を泥靴で踏みにじった時から回ったツケだよ
二十重《はたえ》の「国難」が二十面相首相に襲いかかった
お前は　もはや首相の抜け殻でしかない

うつろな演説が街の昼をひびかせるさなか
緑のスカーフをした女性の新党首は　同じ穴のムジ
　ナ
政治をリセットするとの旗印に
かつての政権野党が絆のリュックを背負い下《くだ》った

これですっきり　ピッタンコの見え見え
戦争をしないニッポンの幸福
みんなと確かめ合い
白波けたてて荒波をこえ
立てた大漁旗に声がひびき合い

沖縄から北海道までの野党よ　労組と市民団体よ
ひとりひとりの　わたしたちが手と手を合わせ
「はい」タッチ
白波けたてて　にこやかに
「はい」タッチだね

板宮ニテ

―病中記より―

痛ミハ　僕ノ友達ダ
夜中　曲ッタ裂ケ目デ会ッテ
今日便所デ会ッテ　痛イ目ヲ晒ス
明日マタ板見君ト会ウコトニシヨウ

痛ミハ　板目ヲ見ル家具大工ノ眼ノ鋭サ
鉤ガケ　釘打チ　ブッ壊シ
砕カレタ体カラ硝子ガ飛ビ散リ
閃光ガ大気ノ襞ニ跳ネテイク

板宮詣リニ板橋ノ店デ
イタイタゲナ人形ヲ買ッタ
イタタマレヌ思イガ突キアガッタノデ
念仏唱エ　石段数エ　登ッテイル

石段ハ痛イト言ワズ

アチコチ欠ケタリ擦リヘッテ
苔ヲ生ヤシ踏マレルノヲ喜ンデイルヨウダ
石段ヲ痛ミノ形ガ次々ト昇ッテイル

板宮ノ上デハ
風ガ吹キ幟ガヒルガエリ
イタメタ油揚ヲツイバンダ
鳶ガ輪ヲエガキ空高ク舞ッテイル

板見君ハ僕ノ友達
板見君トバッタリ板宮デ出会ッタ
板見君ハ痛々シイ目ニ眼帯ヲカケ
居猛高気ニ　君トハ絶交ダ

男ありて

かとうとしおという
おとこは
まったくしらない
おとこだけど
なんだかつりがねそう
みたいにいきている

かとうとしおという
おとこは
とうがらしすきな
おとこだけど
なんだかあいさりの
でかいまつのきだ
かぜふけば

かとうとしおという
おとこは

めがねをかけて
なにかをするよ
あいされて

かとうとしおという
おとこは
かどのとうふやで
とうふかった
そこでとうとうむしゃぶるい
ぶるるん

かとうとしおという
おとこは
まったくしらない
おとこだけど
まつりがすきで
ほたるび
もやす
いのちありて

―亡き高橋幸泉に―

雪風のなか　幸泉は首まですっぽり入《へ》る長靴はぎ
暗ぐおどーんとすた奥羽山脈《にしね》の向《むご》さ歩《ある》ってった
誰にも黙ってよ
山々は猛吹雪
ブナ林は羽を生やすて弔意の気圏をふるわせ
ひとに飢え　歴史に憤怒《ごしエ》だ　幸泉は目つむったまま
神の白狼《しろえんこ》ぬまたがって飛っでった

和賀《わっか》の清らかな水を　ふくべでのんで
芹を　さりっと噛ずって
秀衡街道《ひでひらけえんど》の鷲の巣金山の美《うづぐ》す毒　ちょぺりなめで
花一輪手に　豆草履はポケットぬ
酔っぱらって　目赤ぐすて
朝まなんだか暮れ方なんだか　分げ分らねぐなって
風に乗る　目むぎ　唇むぎだすた
アテルイの首ぬなり　渦巻いで
オーロラめぐる天竺山《てんじくさん》こえでった

幸泉は生ぎでるぞ　憂いをおびだ目すて
生《ま》れだまんまの目っこすて
母《か》っちゃの乳房吸ってるのだ
徳夫長兄《えんな》の地殻でマグマもえさせでるのだ
徳美兄貴の神話さ濁酒《どぶろく》だがだがどつんでるのだ
あるいはおれのはるかな皺曲銀河系の北がら
馬《ま》っこさ乗ってくる
　　優す目つきすて　凶暴な目つきすて
火の平泉へ　蕨手刀ふりかざすて
　　気にくわぬ者共
　　　良風美俗の管理者共を
　　　　切てなぐりあやめるのだ
われら　アテルイ
　　首が飛ぶ　お前《め》えの首が
わが首とともに　飛ぶ！
　　飛びながら　黒血《くろず》の唾液《たんべ》を滝みでに吐《へ》で
琉球孤を眺め
　　天雲ついばみ　花一輪　唇ぬくわえ

ひとりぼっちの幸泉ぬ翼が生え

　　幸泉は　ほんとぬ棺の中ぬ居だた
　　唇むごたらすぐむきでハて
　　パリの労働者みでな顔ぬなり
　　どごが真面目《まずめ》そに笑てらた
降りつづく雪ぬ天空では風がごおごおなり
　　おれはあったげ石油ストーブの外さ出る
　　涙どばっとあふれでた
　　幸泉は病んでだのでね
雪　天空がらいっぺえ落ずてくるわくるわ
　　おれは鴉ぬなって　突ッ立ッてる

展勝地さくら

雪かぜのなかで
木はだまりこくって
西山を見つめ
青い宇宙のことばをたくわえる

花はいつくしみを
川にとどめ
弓ならして
未来に咲き香る

＊この詩が自筆で刻まれた碑は、北上さくらの会十周年記念として昭和五十七年（一九八二年）に建てられた。北上市展勝地陣ケ丘（立花十四地割）にある。

エッセイ・対談

川岸《かし》から、再び川岸《かし》へ
――詩とその原風景――

高校三年の時、校内文芸誌「カタパルト」二号に載せた詩がある。だけどその「カタパルト」は、地震のさいくずれた本のどこかに埋まったまま手にできない。『展勝地八〇周年誌』の「展勝のうた」に再録していたので原題を復活し勝手に書き写す。

幼年時代

僕は未だ知っている。

北上川の大洪水。

一夜明けた暴風雨の朝を寝巻き姿でよく走っていったものだが、消防団のおじさん達は河のへりを取りまいて危ないからと僕を岸辺からずっと遠ざけるのだった。


黄色く濁った水が一杯あふれ、山になって頭にのしかかってくるような気がした。太い木の根っこやさまざまのごみ、そして木片が白いあぶくを吸いながら激流に押しこめられていった。河は下流の風景をまる潰しにして鉛の天につながっているようだ。展勝地の木々も水の上に浮いて、水煙の中で黒くぼやけていた。


幽霊みたいな河。

「誰かこの河を泳いで渡るいさましい男は居ないかな。」

胴巻きのとうさんが大声で誰に言うともなくしゃべっていた。毛の生えた脛が前へ動く度に白い飛沫が飛んでいた。


灰色のこけつまった空に太く墨を流した雲。

だがどこからか、もう直きひかりが射してくるに違いない。

「朝だもな」「間もなくお日様照るぞ」

「なじよだがな。わがらねェぞ」
大欅の梢に風は強く吹きつけた。
石垣はくずれその下を奔流が過ぎる。

轟々とすさまじい河の音を背に聞いて
僕は恐怖からさめたように帰るのだった。
ずっと川上で子を背負った母が溺れ死んだとい
う。

　僕は観音堂の階段に立って小さい掌を合せ、
それから父母の居る家に戻った。
青い煙が静かに乱雲の空へのぼっていた。

暴風雨の明けた朝。
畑のとうもろこしは無残に倒れていた。
父はこの頃、中気にかかってから四年といいな
がら強く生きていたのだった。

　悠々と北から流れる北上川が二子《ふたご》の飛勢《とばせ》城あたり
で大きく左に曲って、それから真直ぐに黒岩のガ
ンケを通り立花・川岸《かし》を流れてゆく。川岸《かし》と呼ば
れていたところは、珊瑚橋からの下流域で上川岸《かみかし》・
中川岸《なかかし》・下川岸《しもかし》の三つに区分されていた。わたしは
その上川岸に生まれた。
　本籍地をたどると岩手県和賀郡黒沢尻町大字里分
一二地割九四番地。ミもフタもなく殺風景である。
家は観音堂《おがのんさん》の近くで大きな杉の木が三本ほど茂《おが》って
いた。ふくろうの鳴き声を子どもの頃に聞いた。田
んぼを越えたところに染黒寺《せんこくじ》があった。
　西へ北畠、大橋、東北線の踏切、真直ぐに花屋町、
本町十文字を過ぎると田んぼ。左手に小学校、右手
に県立黒沢尻工業学校があった。今はこの右手が詩
歌の森公園となり、その入口に立つと向こうに日本
現代詩歌文学館が見える。
　藩政時代の川岸は北上川舟運の川港で、江戸回米
をはじめ文物流通・情報の基地だった。舟荷を通じ
たくさんの人たちが行きかいした。河口の石巻まで
艜舟《ひらた》が下り三日、上り一〇日かかった。その面影を
残すのは染黒寺とか観音堂ぐらいか。舟運の調査で

郷土史家の司東真雄先生と石巻まで同行し、盛岡藩の藩倉跡に立った記憶があざやかにある。

　わたしの家があった土地は、もともと原野で祖父の惣左衛門から分家後父が切り開いたという。L型の道路側に南向きの母屋があり他は畑地。農園のようで北の方に数本のリンゴの木と桐の木が高く立ち、東が梨畑。そこまでの小道に肥え溜と梅の木、粗末なトイレを桃の木が囲んでいた。道路沿いのくるみの木、長い小屋近くに掘り井戸、さくらんぼの木によじのぼった。そちこちに水仙、つつじ、グラジオラスなどさまざまな草花が、春・夏・秋と季節の変わるたびに次々と咲いていた。

　小学校四年（昭和一七年）の夏に父が死ぬ。それから昭和一九年秋、わが家に疎開中の鄭然圭《ていぜんけい》と母がケンカ。腕をケガした母に連れられ家を離れた。長兄宅に同居したり間借り生活を転々。生家には帰らずじまいだった。

　そして川岸のその家は、朝鮮の在日作家一号といわれた前記・鄭と世帯を持った姉一家の住居となった。

　一家はこの家以外に住む所は全くなかったと思われる。戦後においても朝鮮人への差別意識は変らずに内ごもりしていたことを、わたしは身に覚えている。多少の蔑視がわたしにもあったに違いない。

討論　ぼくら「微塵」の新しい任務と方向

出席者　小原麗子・白石昌平・菊池満・及川昌樹・斎藤彰吾・瀬川富男

一九六四年一月

積極的な作品の提出と共通な問題意識へ

報告（斎藤）

三六年十月に本誌第九号を発刊した。この発刊に至るまで白石とぼくとは何回か手紙のやりとりをし話し合いをした。この「微塵」は三二年に廃刊となった「首輪」のあと、そこにいたそれぞれの仲間が分裂した時に、彼の個人誌として安保以降もひかえめに出されてきたものである。その私的な雑誌を、九号のような生活現場と詩の結びつきを求める性格に転換させたのは二人の結論によるものだったが、ぼくはそれをもぎとるかのようにしたのではないかと思う。だから心の底で白石はどこか寂しい思いをしたのではないかと思っている。とにかくその後、きみらの理論、考えは分るが実作がともなっていない（佐伯郁郎氏）とか、詩を中心にした文学運動（藤井逸郎氏）、「泥くさい主題を大胆にかかえこみ、百姓のような鈍重な足で一つ一つ問題を確認していこうとする姿に注目しています。東北には東北の思考形式があるはずで、それをはっきりさせていくことが〝国民文化〟への寄与になるだろう」（松永伍一氏）、「同人なら会員全体が現実と生活記録のテーマについて、はっきりした考えをもっているだろうか」（大坪孝二氏）などの意見が詩人の側からでてきている。

これらの声は、ぼくらの雑誌の値打ちや存在なりをあるていど明らかにしている。この中で、ぼくが謙虚に反省しなければならない点は、ぼくらが、いやぼく自身が詩的なふん囲気を拒否しつづけてきたこと、また会員個々が九号の「詩運動草案」に硬直的にこだわり、詩作の上で悪い影響を与えてきたこと（これはとくに詩を書いてきた人に）があげられる。そして、このことが全体的な活動、創造の停滞に反映していた。そういった意味でみんなの積極的な作品を媒介にして、会員間の連絡・討論がやられなければならないと考える。

たしかにぼくらはこの会のための会合をもっていなかった。しかしこの点については、ぼく自身の発意があったのである。先にもふれたように詩的なふん囲気をできるだけ避けたい気持があった。詩人づらして出版記念会にでかけ、しゃあしゃあテーブルスピーチをする。詩作品を技術的に批評するといった（ここのところどうもうまくいえないが）いわば詩人の会合に対する嫌悪感—。これをこのまま「微塵」に持ちこみたくなかった。どうにかして、そんなものでない「ぼくら」なりの会合の仕方を空想していた。小野十三郎氏は「自叙伝」（「現代詩」に連載中）のあるところで、ぼくらの「山河」の仲間は詩の話をするというよりプロ野球のことなど云々と書いていたように記憶するが、何かそういう精神のはつらつたる自由さに、今のぼくは魅かれている。

会合の記録をよんでみる。三六年一一月五日、九号の合評会（山小屋）。三七年九月一、二日「サークル北壁」共催でぼくらの友好祭・テーマ「村の文化と詩」（花巻台温泉農民保養所）、三八年一月一三、一四日同じく第二回友好祭・戦争責任の問題をめぐって（盛岡市県高校会館）。三八年四月二八日関根弘を囲む会（県信連北上支所）。これらの総括をしゃべらなければならない義務を感ずるが、時間がないので省略する。ただぼくらの友好祭は詩をつくる上での詩以前の共通修業として、これからも計画されてしかるべきだろう。合評会、詩の研究会の計画と組合わせてであるが—。

「微塵」は少なくともこういう方向に進みつつあるし、進めていかなければならない。が、問題は機関誌の編集発行である。今までぼくがプランをねり、白石が編集の事務的な一切をしてきたが、最近白石はぼくに編集の一任をいってきた。ところがぼくはナマケ者の一級品で原稿をあずかれば投げっぱなしにして迷惑をかけるし、白石と休日が一緒でないのが困難である。とてもできないので、相談したあげく、編集に小原麗子を加えることにした。この三人で当分やっていく、ご了承ねがいたい。

以上で報告をおわるが、これをもとにぼくらの方向を座談風にでいいからみんなでしゃべってほしい。

詩のサークルと青年会のちがい

菊池　たんなる文芸同人誌でないということは分っている。芽が生えては、なくなるような自然発生的なものではなくて、何かがっちりしたものを持たなくてはならない。

小原　私は青年会の人たちと交わる機会が多い。彼らの多くは、タクマしい。それに比べて詩のサークルの人たちは、タクマしさに欠けているが、青年会にないものがある。この二つをまとめ、統一させてみたいものだ。

斎藤　面白い見方だ。その違いを、もっと鮮明に具体的に喋ってくれ。おれはそうばかりとは言えんと思う。

小原　青年会は公式的で、団という組織からの意見ばかりをのべて、その人の持ち味がなくなっている。詩のサークルだとその人の個性があふれて人間味を感じさせる。

斎藤　ああ、そのことか。じゃ、タクマしさというのは、どういうこと?

小原　その前に、今のことにつけ加えると、青年会には美的な感情がない。

ほんとうに書きたいものを発表

斎藤

きみの言ったことは、青年演劇をやる人たちにもあてはまるよ。

菊池　青年会のある一人が機関誌に何かを発表し、それが村にとって危ないものだと圧力がかかり、責任者は孤立してしまう。だから、そういう内容のものは青年会や4Hクラブの中だけからは、とても出てこない。

そういう意味で、おれは〈微塵〉にだけ発表できるものがあると思っている。

小原　「思想の科学」に占領下日本のGHQがどんな風に動いたかが載っていた。あれには驚いた。ほんとうに書きたいのを〈微塵〉に発表できれば、この雑誌そのものが岩手においてたいした力になる。

菊池　農村では喋ったものに責任をもたない。

白石　おれは、どうも意識が先にある。書いたものがそれに伴わない、がっくりくる。これではダメだと思うが、どうにもならない。編集も飽きてきた。というのは書く気力がなくなると、雑誌そのものも停滞してくるんだ。正直、雑誌を投げだしたくなった……。今の話をきいて、おれもそれならばやらなくちゃならん。やり甲斐のあることをやらなくちゃと思った。

小原　私は農協で算盤を毎日はじいている。時々ツマラない生活だなと考える。惰性的になってしまう。しかも〈微塵〉も、そんなものについなってしまうのでないかとオソれたりする。近頃は青年会のみならず「岩手日報」もおかしくなり、何か遠慮しなければならなくなってきた。アッチを気にし、コッチを気にして書くのなら書かないほうがいいし、だんだん自分がアワレになってくる。

菊池　国の役人である高田登茂男氏が、「不正者の天国」を書いてクビにされたが、おれはそういうことを詩に書こうと思っている。

白石　どこかに吐け口がないと、息がつまりそうだ。

菊池　それから、農協の詩を書く予定だ。

小原　「岩手の農協」という機関紙に石川武男氏が書いていたこと、おれ知らなかった。農協では「系統利用せよ」といっている。これをおれも正しいと思っていた。テレビなら八欧電気の製品を買いなさい。歯みがきならライオンといったふうに買い方を教えている。しかもその代金は購買部を通し米の収入で差引く。これは確かに大資本の下請けをやっているのと同じこと、買っているのではなく買わせられているのだ。

菊池　組合の男女関係やら色々からまっているから、見られると彼らは困る。何しろ狭いところだ、ぎりっとくるにちがいないよ。

これにはちゃんとモデルがある。（笑い）

白石　それを問題にされる、訴えられると〈微塵〉は一躍有名になる。表現ではそれをすこしズラせばいい。

菊池　経営の成功者でも現状のままならいいが、目先がまた変っていくということになれば不安がある。まして や年中出かせぎやっている零細農民はみじめだ。

（瀬川が出席。ここで河岸を変え、〝山小屋〟に移る。）

文化運動を基盤に

小原　（瀬川に）〈微塵〉をなじょに思ってる？

瀬川　発展していくというより、一号一号尻つぼみになっている感じだ。質からみても量からみても雑誌が薄くなってきた。はっきりしたのがないのかナ。

白石、菊池、斎藤さんらの作品も、それぞれ大分違うんで……。

斎藤

そのことを、さっきの場所で話をしてきたところだ。まとめをかねて、喋ってくれ。

小原

「岩手日報」に発表しても色んな方面に気がねするといった、自由に発表できない状況がある。そして〈微塵〉にも、おれたちが言いたいことを大胆に発表できるという同人誌の良さを余り感じていなかった。それでは良くない、そのためにこそ、おれたちの雑誌があり、それは自分にとって必要なものだ。〈微塵〉をそういうものにしていくことが必要だと確認し合った。おたがいが持味を充分発揮すること。私だったら、詩の雑誌だからということでこだわっていたが、文化運動を中心にすえているのでそのこだわりもなくなった。

斎藤

自分が書きたいことを雑誌に集中する。その面で編集も、そういうこまかな配慮を絶えずやっていかねばならない。瀬川さんが指摘した活力の欠如は全くその通りというほかない。

白石

一四号は、前に集まっていた原稿を主体に編集したので先ず最低であった。

小原

この小集団が発展していく過程を考えれば、むしろこうなるのはある点で止む得なかった。発展の契機をはらんでいると思うが……。

白石

活路は見つけられそうだ。でもさ、書きたい人が一人でもいる限り、雑誌は出していかなければならないと思う。誰かが不調になってる時、片方の奴が元気でやっているとと刺激になる。

解説

東野正
川村杳平
佐相憲一

闇夜に炎える詩

東野　正
（岩手県詩人クラブ会長）

「現実のなかの幼い夢と、現実のなかで張り裂けた夢の軌跡を、詩というパタンに入れてみました。私はそのために、しばしば驚いてばかりいたようですが、この驚きの作用をもっと掘り下げ、組織化したいと考えております」

詩集『榛の木と夜明け』の後記を読むと、詩人斎藤彰吾の詩作の営みの根源にいきなり触れることができる。この持続した詩作の、絶えまざる書く行為の運動が、本詩選集を生んだことになるのである。

まず、驚くべきことがある。岩手県詩人クラブは一九五四年に結成されたのであるが、その結成に大きく関わったのが斎藤彰吾であり、そして結成以来六十数年経過した現在にいたるまで会員として活動を継続しているのである。その間、第三代の会長を一九七七年から七年間務めた時には、毎年のように大がかりな詩祭を開催し、「岩手の地名」「水」「火」「風」「空」をそれぞれのテーマとした五冊の詩集刊行をスタートさせた大きな実績を残している。

斎藤彰吾が書き継いできた詩論・芸術論・文化論をまとめた『真なるバルバロイの詩想―北上からの文化的証言（一九五三―二〇一〇）』（二〇一一年刊行　コールサック社）の出版記念会が二〇一三年二月二六日に北上市で開催された時、私は第八代会長に就任したばかりであったが、岩手県詩人クラブ代表としての祝賀のスピーチを求められた際に「全詩集をまとめて欲しい」と発言した記憶がある。それが今回の詩選集という形に結びついたものと勝手に思い込んでいるのであるが、詩人としての人生の総決算時にそれは大事なことのように思える。

詩人として歩んできた道筋を整理して指し示すこ

とは、後からやってくるはずの読者への配慮となるべきものであろう。これまでの詩作の営為を全面的に展開し布置すること。それは、その達成された成果と同時に、その詩人の限界をも同時に露呈することにもなるのであるが、それでいいのではないだろうか。

生存した時代での、もしかすると狭い局面であったかもしれないものの、そこでの悪戦苦闘ぶり、のたうちまわったあがきが、そのまま書き取られた詩選集が残されることになってもいい。それだからこそ、意味があるのではないだろうか。

二〇〇五年に刊行された岩手県詩人クラブ五〇周年記念誌『岩手の詩』の中に、大坪孝二氏による斎藤彰吾の人物紹介が掲載されていたのでそのまま引用する。

「斎藤彰吾はもう先生格で、最近は市職員組の組合活動から、国民文化会議の提唱、東北地方文化戦線の統一、釜石市会議員選挙の応援演説等、ラグビーで鍛えた行動力と政治力で流行に敏感な方向を進み、作品はもとより、確かなその眼で問題を摑もうと意欲的だ」

この文が書かれたのは一九五九年なのであるが、このバイタリティーが今日まで継続していることが驚異なのである。

さらに、詩人の異民族バルバロイとしてのアイデンティティを鼓舞する詩論集『真なるバルバロイの詩想』の中で、佐相憲一氏が解題的に斎藤彰吾のこれまでの歩みをまとめられている。本詩集はその評論集と対をなすものなので、是非そちらも参照して頂きたい。それで詩人の営為をさらに詳細に理解できることになるだろう。

その詩論集に掲載されていた高橋昭八郎氏の一文を改めて紹介したい。一九七一年に北上市で寺山修司の講演会があったとき、寺山修司は開始早々にコーラの空き瓶を観客席に投げつけ「斎藤彰吾、出てこい！」と挑発したという。このシーンには安っぽい表現ながら鳥肌が立ってしまった。あの寺山修司が注目し意識していた存在が斎藤彰吾だったのである。

さて、本詩選集を前にし、膨大な詩群を前に途方にくれることになるが、青春の輝くエネルギーに満ちた詩の出発、そして谷川雁との出会いから、己の身体深くにエミシの血が流れていることに目覚めて、化外の地に生きる己を掘り下げはじめ、やがては政治性を帯びた詩作に変遷してゆく様を順に追いかけていきたい。

一九五一年に、高校時代の詩友である渡辺眞吾・高橋昭八郎・斎藤彰吾のいわゆる3Sといわれた最強のトリオで編まれた合同詩集『首輪詩集』が刊行された。（以下引用部分のほとんどは、作品からの抜粋であり、（中略）などの表記は省略している）

「六月の精神」では

ぜんまいが一瞬弾けてくる強さで
希望がぶっくりふくれてくる
〈器械体操をしたい〉
〈大地に立っている幸福〉

六月の季節に包まれながら
僕は僕の存在を明確に摑むのだ

なんと、瑞々しい青春の旅立ちではないだろうか。これからの精力的な活動を予見させ、内在する期待感に包まれた無垢の幸福感、そして自分の精神の有り様を屹立させるとの堅固な位置に立ったことを意味している。出発の宣言でもあるだろう。

また、この詩集には学校生活を「断層化」した作品も収録されている。人間の成長過程で、一旦は自己否定を潜り抜けなければならないからである。

「黒沢尻高等学校」では

自己の質量へ軽蔑のつばを吐いていたが
今静かに
化石となった過去というものに
自己をねかせてみると
望みは三角洲《デルタ》の広がりの心強さだ

学生生活では様々な経験をしたことであろう。「思い出」では〈あくびは僕の天國。眠りの誘いに天下泰平〉の境地で授業を受けていた斎藤彰吾。〈ピストルのように向けられた先生の指。僕は先生の服の下で子犬のように縮こんでいた。心臓に太平洋の暴風雨が逆まき、びんたの来るのを氷のように観念していた。〉このリアルで過剰ともいえる表現が面白い。卓抜な比喩力が発揮されている。先生から〈SAITO〉と名ざしされてグランドを走るはめとなる。誰もが心当たりのある光景であろう。〈ほろりとした少年の口惜し涙の中に　風景は変に歪み　眠気は微塵となって四散した〉そうであろう。ここにはほろ苦さも感じさせる青春の一ページが記されている。

そこから五年を過ぎて一九五七年、処女詩集『榛の木と夜明け』が刊行された。散文詩も多く散在する詩集であるが、戦争体験が色濃く反映されたものとなっている。終戦十三歳前後だった斎藤少年は、恐らくその当時の軍国教育によって軍国少年だったであろうが、戦後、日本が変節したかのような歩みをはじめ、そして身近な所にいた戦死者のその死の意味を問うことにより、斎藤の世界観が大きく転換したのである。そこに詩的成熟があったのである。

詩集の巻頭に置かれた「褐色のための記憶」は、ある日登校すると教師の雰囲気が異様で、〈みんなが黙って深刻な時間を喰べている〉〈先生が怒っている〉〈先生の眼が泣いている〉〈みんなは不思議に首を下げたまま動かない〉と、何かが決定的に変化した雰囲気の描写が続き、最終行に〈そうだ　大きな戦争がはじまった年〉で回想は締め括られる。

続く「影」の冒頭での回想

思い出していると
見えなくなるのです
親しい戦死者たちが

時計の針が
珠数つなぎに狂ったんです
狂わせられたんです
生を彩る
系列が

戦争により日常の時間が狂い、戦時の異様な時間が流れはじめる。詩の末尾近くでは

絶叫が町のへりをめぐっている

世界が上げる絶望的な悲鳴の叫びが詩人には聞こえるのである。

「序曲」では

おおきな戦争が　夏の間に終りを告げて
ほうたいをしたぼくたちが　離れ離れに集って来たのは

やけどした空から雨がふり

ほんとうに生きて居るのは
どっちなのか
街全体は屍体置場ではないか
ぼくたち

狙撃されて歌えない

戦争で破壊された人生、生活の荒れた光景がひろがっている。言葉さえも奪われてしまうのだ。

「墓碑銘」では

星は　すべて撃たれた
若者の影が列を組んでいる
永遠に帰還出来ない土地
濁って　苦患する空は
青くすきとおった　若者の歌を
一節だに　掬うことも出来ない

「犬・一九五二年」では

百万の若者　朱にまみれて青春散らし
(誰が　一体)
この死の舞踏をゆさぶっていたのだ
　てんのう・へいか
　てんのう・へいか
それは　余りにも似つかない
血だらけな絶叫であったのだ

余りに強烈な表現である。この先鋭的な批判精神は現在まで継続されているのであるが、寓意に満ちながら、自覚的に表現の矛先を決定した詩群が連なっていくのである。

勿論、この詩集には戦争批判の作品ばかりではなく、日常の一コマをモチーフとして、時には軽妙に、時にはシュールな手法で展開された作品も収められている。「ある日ある時」〈でこぼこな地球は　この上なく愉快と不愉快〉とか「生活」〈あの幾重にも凍えている／檻のような／空――〉のような表現も強く印象も残るが、それらの作品群の中に、屹立した戦争批判詩が存在していることが目立つのである。

次の詩集『イーハトーボの太陽』では、化外の地に蝦夷として生き、そして虐げられた人々の血脈を強く意識した作品群で構成され、統一感のある詩集となっている。詩集の巻頭に置かれた「火の丸木舟」が素晴らしい。

炎えながら
炎えつきない
火の丸木舟。
エミシの丸木舟が
闇夜はるか
北上川をのぼりくだりしているのを
君は見たか。

鮮烈なイメージがありありと浮かんでくる表現である。闇夜の中に決して消えることの無い炎が世界を照らし出しているのである。

蝦夷とよばれエミシとよばれ、化外の人々と呼ばれた東北のまつろわぬ先祖の人々の、血脈を強く継承した斎藤彰吾の決然とした詩の展開である。

時には静かに散開もする。時には猛然と、中央とよばれ差別する側への叛旗を大きく掲げた詩群が展開されてゆく。

力作「エミシの六つの歌」では

(討たれ断たれし　エミシの族《やから》よ。
わたしの歌に　血がのぼる。)
(撃たれ打《ぶ》たれし　エミシの族よ。
わたしの言葉が　火矢の弓ふりしぼる。)
エゾとあざけられ　かたましき鬼と怖れられて
討たれ断たれし　王国の人々よ

まるめろの木には　狩りのにおいが漂い
エミシの　愛といのちが
檄となり　もえさかっているのを視るのです。

惨い殺戮現場を検証するかのような足取りで、父祖からの血脈を、〈無文字の祈禱書〉を前に根底から自覚した。斎藤彰吾に根源的な怒りが満ちてくるのである。

　さらに「毘沙門天」や「常陸坊海尊」「エゾからエミシへ」など、反吐を吐くように言葉を掻き立てる作品からは、怒気と歯ぎしりが聞こえてくる。

「昭和十八年八月某日」は骨となって帰郷した兵士を、憲兵が侮辱するかのようにその骨箱を〈小突いたり蹴とば〉す姿の一部始終を、二つの影がおしだまったまま見つめている。それは父母であり、そして骨箱に入っている息子自身でもあるだろう。その二つの影が今でも成仏できず、〈二人の人間が今でも立っている〉という姿に私は号泣してしまう。

「エゾからエミシへ」では

　それをばらばらに破壊したのは誰か。
　ぼくらは、かすれ声を発する。
　石にすりつけよ、ぼくらの嘆きを言葉を。

坂上田村麻呂、源義家、源頼朝の奥羽征伐により蝦夷をはじめ征服され征伐されてきた人々の声が、叫びが、悲鳴が聞こえ、耳から離れることがなくなった斎藤彰吾にとって、この詩集は戦争体験を深化させ転移させた上で、さらにおのれの血脈を深く掘り下げたものとなったのである。

　詩集以降は、さらに政治性を深めてきている。地から湧き出すような方言詩も展開し、さらに射程が拡がった作品が継続して書き続けられている。書くことに終点はないのだろう。

「ぐの字ブルース」では

警棒をにぎる腕がぐらぐら
ジュラルミンの盾にひそむ
不確かなドオモー性が正確にぐらぐら

空想ゲリラ隊が出発するのは

言葉によるテロリズムまで限りなく接近した斎藤彰吾。蝦夷を迫害した歴代の支配層に向かい、差別構造に向かい、方言を軽視する標準語に向かい、抗議する。中央という幻想を砕くため、斎藤彰吾は戦い抜いてきたのである。

紙幅が尽きた。最後に「モンツキバカマ」での姿を眼に焼き付けて、閉じることにする。

サイトウの抜け殻は
棒見でぬ立って弁明《しゃべこと》すた

斎藤彰吾、歴史的登場

川村　杳平
（俳人）

一

斎藤彰吾の前著『真なるバルバロイの詩想—北上からの文化史的証言（1953～2010）』の末尾に、同郷かつ同学年の詩人高橋昭八郎（一九三三～二〇一四）が書いた、ユニークかつ衝撃的な解説「斎藤彰吾、出てこい！」が収録されている。ちなみにバルバロイとは異民族の意味で、蝦夷、化外の民のこと。たまたま講演会で岩手県北上市に招かれた寺山修司（一九三五～一九八三）が、開口一番「斎藤彰吾、出てこい！」と叫んで、コーラの空き瓶を客席に向かって投げつけた、という逸話である。それが一九七一年の秋だった。だが寺山の怒りの理由を高橋昭八郎は、その文章で明かしてはいない。

付言すれば、やはり岩手出身の詩人城戸朱里の仕掛けかどうかは不明だが、現時点で、日本を代表する視覚詩人《ビジュアル・ポエット》として幾本かのユーチューブ映像に、高橋昭八郎の生き生きとした表情や優しげな声が、検索すれば二十四時間、世界中に発信されている事実も、私のようなアラ古稀世代以上の者にとって、大方は驚くべき詩壇ネット現象の一つであろう。

二〇一八年十一月、北上の日本現代詩歌文学館でのこと。高橋昭八郎の年来の親友であった斎藤彰吾に、私はじかに、寺山修司が、なにゆえそんな奇矯な行動に出たのか、その理由を尋ねてみた。「たぶん、寺山が何か僕に言いたいことがあったのに、たまたま会場に僕が居なかったから、腹を立てたようだね」と、これまたエミシの詩人らしい静かで謙虚な、謎めいた答えだった。

同世代ながら八十代半ばの今日まで、地元岩手を主戦場として反骨土着の北方文化の闘いを貫いている詩人斎藤彰吾。一方、青森県三沢で育ち、青森高校から早稲田大学へ進学、俳句・短歌・詩・演劇・映画・競馬評論など、ある意味でデラシネとして昭和の各舞台を駆け抜けて逝った寺山修司。二人の生き方はまるで対照的でドラマチックだが、東北の十字路、岩手県北上において、生涯たった一度だけスパークし、蒼白い炎を放った。その一瞬を、詩人高橋昭八郎は書き留めておきたかったのだろう。

ところで私は、生前の詩人高橋昭八郎が、盛岡の株式会社杜陵印刷の役員として編集出版の仕事に携わっていた時代を僅かに知る者の一人である。二十代後半の頃のある日、私と文学仲間の友人は高橋昭八郎から「やぁ、巨匠二人が揃って、何の打合せ?」と、まるでその場のみすぼらしい現実とはかけ離れた、優しげな声をかけられたことが一度だけあった。以来、四十年以上盛岡に在住しているが、本稿の執筆については、私個人にとっても因縁浅からぬコールサック社からの依頼である。同社詩文庫シリーズの一冊として刊行された本書『斎藤彰吾詩選集一〇四篇』の解説を書くにあたって、このように遥か昔の私的な邂逅を綴ることから、どうしても書き始めたかったのである。

二

小説家批評家である大西巨人（おおにし・きょじん＝本名のりと）と詩人斎藤彰吾の文芸における「邂逅と別離」、これが私に課せられた本稿のテーマである。もっとも、これに関わること以外も、気軽に何を書いてもいいから、と先の詩歌文学館茶房での昼食の際、斎藤彰吾から、じかに言われたことだけは、最初に断っておきたい。同時に、こうした自己の著作に関わる推薦文に思いを致して、じつに不思議な文学的巡り合わせが、幾重にも連なっていることを、作家の文学に立ち向う基本的な姿勢と併せて、最終的には究明できればいいと願っている。

一九五七年、詩集『榛の木と夜明け』が、Ｌàの会から刊行された。その帯文を十月に大西巨人は書いている。それは日本近代文学研究専攻の齋藤秀昭（一九七一〜）編による大西巨人詳細年譜（『日本人論争』左右社刊所収）に明示されてもいるが、その刊行チラシ全文がじつに六十余年ぶりに本書に転載されている（五十九頁）のは快事と言わねばなるまい。詩集帯文の数行は次の推薦文の一部だったというが、斎藤彰吾本人も特定しかねているようである。しかし、まぎれもなくこのチラシの出現が、詩人斎藤彰吾の歴史的登場の瞬間と言っていい。大西巨人の文章のみ全文を次に掲げる。

斎藤彰吾君に私はまだ会ったことがなく、その詩も数篇しか読んでいない。しかし私が見た数少ない作品と私がもらった幾通かの手紙とは、一人の真面目な、才能を感じさせる青年が、多分啄木の生地に近い奥州の一小都市で、勤勉な市民生活の中から次第に高くきびしい人生の詩的表現を獲得し、達成しつつあることを物語っていて、その未来は私に豊かな期待を抱かしめる。「北海の寒さを語る啄木のさびしき眉を見むよしもがな」と吉井勇が歌った時、すでに早く啄木は故人であった。しかし斎藤君は前途ある、若い詩人であって、思い立ちさえすれば私は簡単に同君を見ることもできる。それよりも、年来の業績をまとめた斎藤君の処女詩集『榛の木と夜明け』が、普遍的な意味において、多くのことを私に語ってくれるであろう。この上梓を私はよろこぶ。

（推薦者＝掲載順に村野四郎、大西巨人、佐伯郁郎、高橋昭八郎＝四人の文章。横長、縦十六㎝、横三十七㎝、地色薄紫チラシに掲載。Ｂ６変型判・美装函入・クリーム上質紙９５斤・作品３５篇・価３００円、とある。尚、発行は盛岡市仁王新町Ｌàの会。代表格の岩手県詩人クラブ初代事務局長の大坪孝二は、雑誌「もりてつ」の編集担当。その自宅（元旅館）は大坪学校と呼ばれ、さながら〝文芸の梁山泊〟。詩・村上昭夫、高橋昭八郎、俳句・宮慶一郎、短歌・高橋爾郎、川柳・藤澤美雄、絵画・大宮政郎らが出入りしたという。

＝以上、川村注）

この年、大西巨人四十一歳、斎藤彰吾は二十五歳の溌剌たる青年詩人であったろう。大西巨人は、その二年前に小説『神聖喜劇』を起稿、長男大西赤人の誕生も同じ一九五五年であった。斎藤彰吾によると当時、新日本文学会の幹事や財政部長を務めていた大西巨人に、月刊「新日本文学」の購読を通じて知り合い、会の活動にも関わっていた時期で、このチラシの原稿は大西巨人から北上の斎藤彰吾宅へ郵送されてきたという。その後、埼玉県浦和市に転居した大西巨人宅を、斎藤彰吾は二、三回訪問したことがあり、編集者などを歓待するのが常だった大西宅の二階で酒肴をもてなされ、朝まで文学談議をし、泊まったこともあった。

しかし重要なのは、戦争文学の金字塔と言われる『神聖喜劇』八部全五巻が「新日本文学」誌上の連載開始以来、二十五年にわたって書き継がれて、その間、掲載雑誌は変わったものの、主にカッパブックス（光文社）として分冊刊行され、約四千七百枚の大作として、ついに完成・完結・刊行されたのが一九八〇年だったことだ。

その後この大長編小説は、文春文庫、ちくま文庫、そして光文社文庫としても再刊されている。途方もない博覧強記ながら無冠の作家大西巨人の著作には、他に『三位一体の神話』、『深淵』、『迷宮』、『地獄変相奏鳴曲』、『春秋の花』、『巨人の未来風考察』、『巨人雑筆』、『縮図・インコ道理教』などの小説、批評集がある。

そして特筆すべきは、斎藤彰吾詩集『榛の木と夜明け』所収の詩「序曲」だ。つまり二十三年後に刊行された光文社発行の書き下ろし単行本『神聖喜劇』第五巻の小説本文の巻末に、その詩篇約五十行すべてが引用されていたことだ。しかも、この長大な物語のテーマを締めくくるように象徴的に引用されていたのを発見して、発行されたばかりの最終巻を読み進めていた私は、大きな衝撃を受けたのだった。この作者は北上に住む黒沢尻の詩人三羽鳥の一人、斎藤彰吾だ、これは凄いことになった、と興奮したことを鮮明に記憶している。当然のことながら私にとっては、五年越しで読み継いでいた『神聖喜劇』をついに読了した喜びも相俟ってのことである。

しかしながら、このような文学的事件について、そののち現在まで私が話題として言及したのは大西巨人、斎藤彰吾の当事者二人以外は、小説家長尾宇迦、宮沢賢治研究の吉見正信ら数名に過ぎない。それはもっぱら、愚鈍な私が短詩型文学志向で、文芸の知友が狭く極めて少数だったことと、詩人斎藤彰吾の真摯かつ控え目な人柄ゆえのことだったかも知れない。大西巨人夫妻は、赤人、旅人、野人と三人の子息を得たが、斎藤彰吾は自分の次男に野人（ののひと）と名付けるほど、大西巨人の人間と文学を密かに深く敬愛していた。

ついでながら私と大西巨人の出会い、そして雅兄斎藤彰吾との奇縁は次のとおりである。

三

この斎藤彰吾への帯文、チラシ推薦文、詩「序曲」の『神聖喜劇』第五巻への引用が、二〇〇三年夏、他ならぬ私の処女出版に、文芸上の好運をもたらすことになった。私の第一句集『羽音』（文學の森刊）の帯文は次のとおりだったからである。

啄木の机は小さし菊日和　杏平

一人の真面目な・才能を感ぜさせる人物が、

奥州の、たぶん啄木の生地に近い一小都市で、人生の次第に高く厳しい詩的表現を獲得・達成しつつある。

大西巨人

そして二〇〇三年私の誕生日に、大西巨人が書いてくれた「栞」全文は次のとおりであった。ちなみに栃木県宇都宮出身の私は、大学の法学部卒業と同時に地元のN書店に就職し、四年余り勤務したのち盛岡に移り住んだ。

『羽音』刊行によせて

二十八年ぶりに、川村晴樹君から、私は、手紙を貰った。いま、同君は、姉弟二人の父であり、その弟のほう（晴樹君の長男）は、二十五歳とのこと。あたかも二十五歳の大学を終えたばかりの青年編集者として、晴樹君は、二十八年前に、私の『巨人批評集』を出版した。その出版社はまもなく倒産したが、晴樹君は、奥さんの生家所在地・東北地方へその数か月前に移住した由であった。晴樹君の「杳平」としての文業を従前ほとんど私が知らなかったのは、もっぱら私の不勉強・寡聞のせいにほかならない。本書には、短詩型文学に幼少時から親近の文芸家（長尾宇迦氏）の「序」ならびに散文文学の専門家（三好京三氏）の「跋」の、共に懇切な・行き届いた文章が、「錦上の花」と寄せられている（長尾、三好両氏は、いずれも岩手県在住）。

原則として、私は、他者の出版行為に関係しない。珍しい例外は、四十余年前、やはり岩手県在住の詩人斎藤彰吾君の第一詩集『榛の木と夜明け』刊行ビラに短文を書いたことである。「二人の真面目な、才能を感ぜさせる人物が、奥州の、たぶん啄木の生地に近い一小都市で、人生の次第に高く厳しい詩の表現を獲得・達成しつつあることを物語っていて、……」というような言句が、その中に存在する。たとえば本書中の「啄木の机は小さし菊日和」などを読むにつけても、私は、著者川村君に如上言句を擬して考える。

二〇〇三年八月十五日

大西巨人

繰り返しになるが、本稿を書くにあたって、詩集『榛の木と夜明け』刊行ビラ（チラシ）を初めて見た私にしてみれば、拙句集の帯文と栞文は、そもそも四十余年前の斎藤彰吾と大西巨人の文学的交感の所産であった。その恩恵を蒙っていたことが、こうして具体的に現実的に全体的に判明したのである。

九州福岡市で生まれ育った大西巨人は、二〇一四年三月十二日、満九十七歳と六カ月余りの長い生涯を閉じた。死後刊行された著作『日本人論争』——大西巨人回想（左右社）の年譜作成者齋藤秀昭は、二〇一八年三月刊の『大西巨人—文学と革命』（翰林書房）の中で「大西巨人書誌」を編んでいる。

同書は、「大西巨人の書物」の迷宮に分け入る初の論集として「蔵書解題」もしているが、私がもっとも面白く読んだのは、浜井武の講演録「編集者から見た大西巨人」——『神聖喜劇』と光文社の関わり、であった。それはともかくとして、同書の「書誌」によれば、大西巨人編『日本掌編小説秀作選』Ⅱ花・暦編（カッパ・ノベルス刊）のなかに、横光利一、村山知義、佐藤春夫、菊池寛、中野重治、星新一、野上弥生子ら文学史に名を連ねる作家たちの小品と並んで、「みちのく二題　斎藤彰吾」とあり、次の詩作品二編が採録されていることが明示されている。やはり詩集『榛の木と夜明け』所収の「勤め」と「埋没」である。冒頭部分のみ次に掲げる。読者は引用の詩全篇を本書五三頁・九頁で確かめられたい。

四

古蝙蝠の前あしの指のような黒沢尻の町を、
黒沢尻のように時間に沿って歩いて行く　虫に似た僕　自動車がくると屋根の下に身をよけ　エライ人が来るとしゃっぽの下から凝っと眼をつけてやる
(後略)
（詩、「勤め」）

谷底深く藁屋根の部落を見た　水は遠く流れ
日はすでに西に傾いて、うすら寒い風は吠えるように野末をわたり　遠く亡びた者達を懐かしんでいた
ぶよが肌についたまま離れない
(後略)
（詩、「埋没」）

そのカッパ・ノベルス版の刊行六年後、光文社文庫版として一九八七年に再刊された『日本掌編小説秀作選』（上）には文芸評論家・篠田一士の毎日新聞文芸時評が引用されていて、「このアンソロジーは実によくできている。選択はきわめて独創的ではあるが、決して奇を衒っていない。云々」、さらに、下巻の惹句には「約五千枚の画期的超大作『神聖喜劇』を二十五年の歳月をかけて書き、読書界に絶賛の嵐を呼んだ大西巨人が、今度は一転して掌編小説の秀作選を編んだ。（中略）全二巻に収めたこの選集は、近代日本文学を濃縮した〝総集編〟だ。」と、おそらく版元の編集者が書いている。

本稿では、一九五七年秋、斎藤彰吾詩集『榛の木と夜明け』を初めて熟読したときの大西巨人の衝撃の深さを、長々と書き綴ってきたような気もするが、私がもっとも重視し、反芻するように思索してきたのは、あの大西巨人が、なぜ斎藤彰吾の三篇の詩に、これほどまでに長く惚れ込み、わざわざ著作に引用までして、次のような「解題」（「暦の篇」について）

を付しているのか、その一点にある。これは『神聖喜劇』最終巻末の小説本文中に引用された詩「序曲」を、なにゆえ大西巨人が引用したか、にも自ずと関わってこよう。中野重治の小説『五勺の酒』、吉本隆明の評論『情況とはなにか』、そして斎藤彰吾の詩『勤め』と『埋没』。すこし長すぎるので「解題」引用は最小限にとどめる。

前者「文学作品」(『五勺の酒』引用十八行＝川村注)において、筆者(中野重治＝川村注)は、主観的にも客観的にも、「大衆という名について」「倫理的なあるいは政治的な拠りどころとして」物語る。後者「政治思想論文」(『情況とはなにか』引用二十四行＝川村注)において、筆者(吉本隆明＝川村注)は、ただ客観的にのみ、「大衆という名について」「倫理的なあるいは政治的な拠りどころとして」物語る。両者と『勤め』と、締めて三者において、われわれは、同一の「大衆の原像」に出会うようである。

(日本掌編小説秀作選・下「暦の篇」について)

この「締めて三者において」を、読者はどのように解釈すべきだろうか。私には、三者のどの一人が欠けても「大衆の原像」には出会えない、と逆説的に理解される。中野重治の小説に不足していて、吉本隆明の評論にも不十分だったのは、大衆という存在への真の理解(＝斎藤彰吾の詩に表現されたような人間＝未来に豊かな期待を抱かしめるような真面目な、才能を感じさせる青年との協同)であった、と私には思われる。

『神聖喜劇』の多くの読者は、大西巨人の実際の軍隊体験―対馬要塞重砲兵聯隊入隊から「ポツダム兵長」―を知悉している。むろん作中人物ではあるが、入営前に大和撫子のような彼女と逢引を重ねた、理知的かつ伝統的な理想の日本男児像・大西巨人を思わせる主人公東堂太郎陸軍二等兵。したたかな敵役ながら愛すべき農民出身の古参兵大前田文七軍曹。暗い表情だが人を惹きつける冬木照美二等兵。また同じ舞台に属して真剣に喜劇的な愛憎劇を繰り広げる神山豊上等兵、村崎宗平一等兵ら。このように対馬という絶海の孤島における矛盾と葛藤に満ちた凄まじい軍隊生活を通して、徹底的に人間の誇りと尊厳が踏みにじられもする大長編小説の結末。これは一篇の「反戦小説」であり、著者の「精進の物語」と大西巨人は書いている。夥しく引用せられた古今東西の文学詩編の掉尾に、斎藤彰吾の詩『序曲』が引用されて登場する。敗戦によって血まみれとなった瀕死の青春は、まちがいなく絶望的であるのだが、一人の少年の再生を思わせる杳かな、確かな希望のようでもある。象徴的でありながら劇的に登場する詩篇『序曲』。読者はこの詩が『神聖喜劇』の最終章「終曲　出発」を引き締めていることにも思いを馳せて、二つの名作を読み返してほしい。

『序曲』最終十一行を次に掲げる。

——汗も夢もぐっしょりぬれながら
ほんとうに生きて居るのは
どっちなのか
街全体は死体置場ではないか
ぼくたち
狙撃されて歌えない
目だけが　不思議な優しい色をして
物覚えの悪い少年のように
うつろに　繰返していた
一プラス一は　三
一プラス一は　三……

（詩集『榛の木と夜明け』～「序曲」より）

念のために断っておくが、『神聖喜劇』を文学作品として読んだ読者や評論家、研究者は少なくないが、斎藤彰吾のこの詩「序曲」の意味や意義について、じかに詩作品に即して論究した者を、今のところ私は寡聞にして知らない。大西巨人は「悲惨な青春の文学的継承を企図したようだ」と、斎藤彰吾は私に語っていたが…。

五

ところで、埼玉県秩父ゆかりの金子兜太(一九一九〜二〇一八)は戦後現代俳句の巨人として知られている。互いに「悲惨な青春の文学的継承」に生涯を賭けたと言ってもいい。その金子兜太の「卓抜な業績」について、大西巨人は次の俳句二句を挙げ、「心身共に年齢超越の東奔西走・執筆活動持続は、(中略)公的にも私的にも喜ぶべき事象である」と書いている。その長命が惜しまれ、追悼特集が俳誌等に数多く掲載された金子兜太も「大西巨人は、いい男だった」とどこかに書いていたはずだ。

銀行員等朝より蛍光す烏賊のごとく　　金子兜太

戦さあるなと逃げ水を追い野を辿る　　同

波を食う巨人が歩く夜明けの浜　　同

互いの文学的出自であるトラック島と対馬。第三句目の「巨人」が、誰を指すイメージなのか想像するのも面白い。余談だが、この業績は『日本人論争』の見開きページに、拙著『無告のうた　歌人・大西民子の生涯』の書評(一部後出)と共に掲載されている。二〇〇九年の大西巨人の批評文である。私は、二〇一八年十月、「墓の恋兜太のことはもうたくさん　杳平」という拙い句を作っている。

佐保神の陰覗かする尊さよ　　金子兜太

谷に鯉もみ合う夜の歓喜かな　　同

華麗な墓原女陰あらわに村眠り　　同

陰になる麦尊けれ青山河　　佐藤鬼房

右の四句にも注目してほしい。この本は、ここに日本文学のエキスがある、と銘打った『春秋の花』（光文社）という詩歌句文のアンソロジー、大西巨人の著作としては一番親しみやすい本から引いた。ここでも「（前略）往往にして兜太の作は、破礼句と、一、二髪の危局的な境地に、しかも秀逸として、見事に成立する。（後略）」と称揚して、鬼房の句も「優作」としている。同書には他に、芭蕉、一茶、秋桜子、三鬼、蛇笏などの諸作品に念入りな解説を寄せている。そこには俳句文学というより、文学に潜む滑稽性を重視し追究している大西巨人の一面が窺われる。

当然のことながら、大西巨人の短歌鑑賞や関連の文章にも教わることが多い。まさに文芸における「春秋の花」を愛でるように、人麻呂、西行、子規、啄木、斎藤茂吉、与謝野晶子、齋藤史、岡本かの子らの作を取り上げ、至極精密な短文で批評している。得も言われぬユーモリスト、「九州弁」をおそらく終生なおそうとはしなかったと推察される大西巨人が、とりわけ愛好した恋多き歌人、それが宮崎出身の若山牧水（一八八五〜一九二八）だった。一兵卒として長崎県の対馬要塞で過ごした時代を回想して書いた、心に沁みるエッセイの一部を紹介する。若山牧水作の、

春白昼ここの港によりもせず岬をすぎて行く船のあり
日向の国むらたつ山のひと山に住む母恋し秋晴れの日や
寄り来りうすれて消ゆる水無月の雲たえまなし富士の山辺に

など五首を引きつつ、大西巨人は次のように綴った。

一九四四年秋、戦局が押し迫って連合国軍（アメリカ軍）の敵前上陸が云々せられたころ、われ

われはあちこちの山に逃げ回って死をまぬかれるべく考えた。その場合、こちらの山の兵たちがあちらの山の味方と連絡するには。手旗信号に拠らねばならない。

それ故、われわれは、毎夕食後三十分間、適当な相手と組んで手旗信号を演習した。私の相手は、同年兵の江口兵長であった。

（『日本人論争』、若山牧水のうた）

ようするに、若山牧水の短歌を手旗信号の演習に使っていたのだった。大西巨人は、それくらい牧水の歌に親しんでいたし、「沖合（日本海の西の果て）通過の汽船を目標に海上射撃演習を行った」ときは必ず、第一首目の春白昼（はるまひる）の歌を思い浮かべたという。

もちろん『神聖喜劇』にはダンテ、シェークスピア、ルソー、トーマス・マン、ドストエフスキー、ゴーリキー、スタンダールなどの海外の一流文学作品や漢詩、民謡にまで広範な引用・解釈が及んでいるが、『神聖喜劇』同様、通読も覚束ない凡夫の私には所詮、これら諸作品について、なに事をも論ずる資格はない。

六

二〇一七年十二月二十日、皇后陛下と同じ名前の妻大西美智子が、『大西巨人と六十五年』（光文社）を刊行した。カバー横帯には「ことばを忘れたきょじんさん、うしろのやぶにすてましょか」と大きく縦書きであって驚かされる。小さな横書き文には「18歳の出会いから、主治医に不可能と言われた自宅でのたった一人の看取りまで綴る」とあり、最後の自宅療養は二月二十六日からの十五日間だったことも本書を紐解けばわかる。大西美智子が本書を書き終えたのが二〇一七年一月三十日とあるので、大西巨人が死去したのが二〇一四年三月十二日だから、約二年七カ月間かけて書き上げ、その死から三年九カ月後に刊行されたことになる。「ことばを忘れた……」の惹句は、二月二十八日に美智子が「歌を忘れたカナリヤ……」を、うなりながら、もじって歌ったのをしっかり聞いていた大西巨人が、「いえいえそれはかわいそう」と、たちどころに、正しくはっきり続けて歌った、という哀切なエピソードにつながっている。

私が大西巨人宅を最後に訪問したのは、二〇一二年八月四日だった。二十代半ばから数えると通算二十回くらいは浦和を訪ねている。その夏には、私の著作『無告のうた　歌人・大西民子の生涯』(角川学芸出版)への推薦文の御礼、出版したばかりの評論集『鬼古里の賦―川村杳平俳人歌人論集』(コールサック社刊)のことなどを話題にしたように記憶している。ちなみに岩手県盛岡出身で長く大宮に在住した歌人大西民子(一九二四〜一九九四)を、大西巨人は「優れた歌人」と評価して、「バスを降りし人ら夜霧のなかを去るひとりひとりに切り離されて」ほかを愛唱していた。

後日、埼玉新聞から求められた追悼文が、その訪問時の写真入りで掲載されたのは、大西巨人が亡くなった翌月の四月二十九日であった。もちろん大西邸を弔問時、大西赤人と短いながら面談したし、無宗教の祭壇の様子を少し書いているが、ここでは触れないことにする。

本稿のテーマに立ち戻れば、大西巨人が存命中、まだ元気な頃に、斎藤彰吾と私が相談して、大西巨人を盛岡へ招き、「文学を語る会」を企画しよう、と相談したことがあったが、ついに実現することは無かったのだった。以下は、もしその企画が実現したら大西巨人に私が尋ねたいことの一つ。それは現代作家の文芸ジャーナリズムにおける自らの著作物に関わる推薦文(ビラやチラシ、広告文、書評を含む)のあり方についてであった。

当時二十五歳の「経験貧弱な」「新前出版社員」

だった私が、浦和市上木崎皇山（現在、さいたま市）の大西宅に、宇都宮市のN書店の店長を兼務しながら、『巨人批評集』（秀山社刊）出版のために、月に一、二回、三人で訪問し打合せを行い、終了後いつも二階の六畳ほどの和室で、一、二時間の酒宴を開いていていた時期があった。そこで私にとっては今もって忘れられない「椿事」が起きた。酒を嗜まない不調法な私の発言に、大西巨人が烈火のごとく怒ったのだ。当時五十代後半の大西巨人は意気軒昂で、「わしは（文壇の＝川村注）無冠の帝王みたいなものだが、鎌倉文士たちに何がわかるか」とか、「『神聖喜劇』を読めば、文学とは何かということは大概わかるように書いてあるんだ」と言った。そんな打ち解けた席だった。当時から私は五木寛之の筋金入りのファンを自認していたが、大西巨人に贈られたベストセラー作家五木寛之の署名入り単行本『幻の女』を、「五木寛之のファンたる川村晴樹氏へ」と書いてもらい、我ながら厚かましいことに、大西巨人から頂戴していたのだった。

それは『巨人批評集』の刊行日程が決まりかけていた時期だった。立場上私が大西巨人に、「『巨人批評集』の推薦文や帯文を頼める作家はいないでしょうか。たとえば五木寛之はどうでしょうか」と質問した時の出来事だった。「無礼だ、非常識だ、けしからん！」とばかりに、次のような主旨のことを言われて、叱責されたのである。

作家が著作物を出版する場合、当該版元がその裁量で相応しいと考える推薦文を誰かに依頼することはあり得ることだ。しかし文学者たるもの、自分から自作を臆面もなく宣伝したり、友人知人に推薦文を依頼することなど、文芸の世界では本来はあってはならないことだ。まして版元の一人である君が、著者である僕にむかってそれを依頼するとは、とんでもなく失礼なことなんだ、よく覚えておきなさい、と厳しい口調で言われた。文学青年の私としては生まれて初めて、まさに本物の作家の逆鱗に触れたような椿事であった。

しかも、じつにその二十八年後、珍妙な後日譚を、ほかならぬ大西巨人から、私は電話で明かされたのだった。「君は、私の『迷宮』という小説は読んだかね。もしまだだったら、あの作品の中に登場する江口出版社員は、作中人物だが、君とのことを書いているから、いつか読んでみるといいよ」という優しげな口ぶりの話だった。もちろん、本屋から直ぐに取り寄せて「広義の推理小説『迷宮』」（光文社文庫）の当該五ページを何回も読み返した。確かに、「非常識・無礼」な振る舞いをした若き日の私がそこに実存するかのような描写があった。しかも五木寛之が「十木厳之」（ときよしゆき）として登場していた。言うまでもないが、このことは小説『迷宮』のストーリー展開や作品の文学的価値とは、全くといってよいほど無関係である。

七

右のような一件がありながら、厚かましく愚鈍な私は、第一句集を出版する際に、他ならぬ大西巨人に推薦文を依頼し、承諾を得て、その全部を横帯等に使用したのは、すでに三、の「『羽音』刊行によせて」で述べた。そのうえ私は、二〇〇九年七月、歌人大西民子の評伝刊行の際にも、知人を介して依頼した短歌新聞紙上に、「綿密な労作　川村杳平著『無告のうた』」という一文を、光栄にも掲載されてもいた。つまり、性懲りもなく三回も大西巨人に、「非常識・無礼な」お願いして、うち二回は自著の推薦文を依頼して、「例外的に」有り難く目的を完遂していたのだった（二篇とも前出『日本人論争』所収）。

それに加えて、小説『迷宮』の当該五ページには、次のような文章が含まれていた（皆木＝大西巨人、江口＝川村晴樹、と作中人物を想定してお読み頂きたい。但し、作中人物と実在の人物は全く無関係である。川村注）。抄出してみる。

〃……この事例でも、そのあと皆木さんは、〈自分の物の見方・考え方が本質的に正当であるという信念は動かないけれども、文芸ジャーナリスト界の歴史的・社会的現実としては、なかんずくその今日的現実としては、江口的思考言行は、毛頭「非常識」でも「無礼」でもなく、「ジャーナリズム・出版仕事をやって行く」上では、むしろ有利有益な・あるべき仕方であるらしい。〉ところでも言わば「今更に」思い知った。なかんずく今日の文芸ジャーナリズム界において、江口的思考言行が「常識・礼法」に叶っているという状況の現実性を一概には（そして性急には）否定も無視もすることはできまい、と皆木さんは、考えざるを得なかったのだ。……〃

自明のことだが右のような言説の大意ぐらいは、私にも理解できる。斎藤彰吾も同断であろう。だからこそ斎藤彰吾は本書の「解説」を、じかに私に依頼したのだ。だが、加速するネット社会化とスマホ全盛時代の日本・世界の文芸ジャーナリズム界に、露ほども影響を及ぼすことなど無いと確信している私たち二人が、大西巨人の「本質的に正当であるという信念」に反して、「無礼・非常識」な言行を本稿でささやかに実行しても、まちがいなく誰も痛くも痒くもないだろう。

むしろ以上のように、さして短くない解説を書くことよって、斎藤彰吾も私も、大西巨人の「例外的」な恩情に心から感謝する機会となったことを喜んでいる。前出、大西美智子著『大西巨人と六十五年』の最終ページ、「群像」創刊五十周年企画〈私の選ぶ戦後の文学ベスト3アンケート……文芸評論家五一名による〉では、『神聖喜劇』が埴谷雄高の『死霊』に次いで二位、とある。また同書、冒頭のページには、「大西巨人は若い頃から、死ぬということは、眠ったまま再び目がさめない状態になることだと言っていた。漱石や鷗外が生きていた頃はおれはいなかった、無だった、そんな状態になることだと言っていた」と、大西美智子が印象深く書いている。さらに、『おれは百五歳まで生きて仕事をする』が口ぐせだった、という。

最後になったが、大西巨人門下の雅兄斎藤彰吾に、後進の一人として献上したいのは、「人は常に中道にて以外は仆れざる存在であるにしても、勇気を奮い起こして精進せねばならぬ」という『神聖喜劇』作者の、私のために私流につなぎ合せた大西巨人の激励である。

誇り高きバルバロイの野性的で知的な詩学

佐相　憲一
（詩人・編集者）

斎藤彰吾氏は十代から八十代後半の現在まで、現代詩を書き続けてきた。本書で初めて氏の詩世界に触れる方はそれを自然に想定するであろう。しかし、氏の存在感は岩手県北上において余りに巨大であり、長年、地域に根ざした場でさまざまな文学・文化的な行事や運動を組織し、無数と言っていい各時代の才能ある存在を応援し世話してきたから、近しい人々は継続された詩世界を持つ一人の書き手としてよりも、地元有力者のようなニュアンスでイメージしているかもしれない。それもまた、氏の親しみ深く懐の大きい人柄を連想させる尊敬すべき事実であろう。だが、そもそも氏がなぜそのように信頼されているのかといえば、絶えず鉱石のように輝き続ける氏の詩の心こそが根っこにあるからだ。本物の詩人というものは、日頃の存在そのものが詩の心を発している。氏こそがそうした存在だとわたしは実感している。ゆえに、いまここに、この約七十年間に世に発表された氏の詩世界のエッセンスを網羅したこの詩選集が世にしっかりと刻印される意義は大きい。斎藤彰吾氏の詩そのものをまとめて読む待望の機会が訪れたのだ。現代詩の世界や地元地域社会や文化界で氏の存在をよく知る人々も、いま初めて知る全国各地の広範な人々も、ここに展開されている類まれな詩精神の生き生きとした輝きを共に鑑賞できれば、一ファンとしてわたしもうれしい。

まず強調したいのは、一九八一年刊行の詩集『イーハトーボの太陽』である。

全十三篇の詩群には、さまざまな詩の手法を駆使した変化に富む構成の中に、原始や古代、近世から現代にいたる土着精神の叫びが横溢しており、作者の個の内側から発せられる集合的無意識のような民俗学的つながりが、歴史の裏側の喜怒哀楽を臨場感をもって表現している。時に骨太に、時に繊細に、あの手この手の詩的形式を知的に操りながらうたいあげた野性のポエジーだ。

エミシと呼ばれた原住民の声を我が声として現代に甦らせる情熱のほとばしりと哀感と面白さ。このような名作の香りに満ちた詩的達成を、当時の現代詩の世界は正当に評価したのだろうか。今回のこの詩選集を編集するにあたり、この詩集の残部が斎藤彰吾氏本人の手元にもほとんどなく、彼が設立に尽力して現在全国から利用されている北上の日本現代詩歌文学館の蔵本からのコピーに助けられた。無造作にいつしか忘れ去られたかのようなこの詩集。だが、これは日本の近現代の詩歌全体の中でも特質すべき名詩集として、もっと多くの人々に読まれるべきものだとわたしは確信する。そんなことも意識せずに、いつものように大らかな声で「やあ、なかなか見つからねくて、ごめんね」などと笑う斎藤彰吾氏の姿が切ない。もしかしたら、無欲な作者だから、当時あまり多くの人に謹呈もしていなくて、pRの機会なども探さなかったのかもしれない。それなら、いまだ。いまこそ、この名詩集『イーハトーボの太陽』をこの詩選集に全篇収録のかたちで世にひろく読んでもらうべき時だ。

この詩集が刊行された時代からその後、日本でもようやく先住民の文化と歴史などをしっかりと見つめようという流れは強まってきたが、他方では逆に戦前の危険な右翼的潮流が勢力を盛り返している。岩手県北上から発せられたこの詩集が問うものはますますいま大事ではなかろうか。現代詩の達成としても、手法の冴えと言葉の緊張感、ユーモアと風刺、物語から歌まで、現代的抒情の深さなど、テーマ性にとどまらない多彩な光を放っている。引き締まった短い言葉が冴える巻頭詩「火の丸木舟」を全篇引用しよう。

火の丸木舟

炎えながら
炎えつきない
火の丸木舟。
エミシの丸木舟が
闇夜はるか
北上川をのぼりくだりしているのを
君は見たか。

この幻視の情景が一気に読者を歴史の闇のただ中へと案内する。〈炎えながら／炎えつきない〉ものこそが、この詩集の主題だろう。それは、北上周辺のエミシ文化だけではない。全国各地の時代の闇に消えたさまざまな命がのこしたものや、個人としての人生が燃やす命の炎でもあるだろう。含蓄ある複眼的な詩の言葉だ。

そして、次に収録された組曲のような長篇大作「エミシの六つの歌」は、作者生涯の代表作の一つと言っていいだろう。「哀歌」「白河以北一山百文」「峠」「坂上田村麻呂」「お堂めぐり」「まるめろ」という六部構成が変化に富む。叙事詩的なものを抒情的なものに訴えて、冷静に熱く語るこの独特の物語性は作者ならではの持ち味だ。先住民リーダーのアテルイやモレ、この詩選集の表紙にも象徴的に描かれた天邪鬼などが憑依したような土着の味わいである。

短く切り込んで問いかけた巻頭詩から、一気に六部仕立ての長大な組曲へ、と思ったら、その次には口語散文詩「毘沙門天」「常陸坊海尊」が続くのだから、ニクイばかりの演出である。

詩集後半には、十五年戦争と戦後現代の情景も刻まれ、詩集全体がひとりひとりの生きた人間の実感の側から歴史を詩の言葉で捉え直している。氏は反戦平和の意識が高いことでも知られているが、その文明観の根っこにあるものをこの詩集は伝えているだろう。血肉が通うひとりひとりの命の躍動。そして、火の丸木舟は、いまも川をのぼりくだりしているのだ。

さかのぼって一九五七年、詩集『榛の木と夜明け』三十四篇（うち一篇は前詩集からの再録）を読む。

ここには青春固有の屈折感を伴った鮮烈なイメージが展開されていて、一見、後の氏の詩世界とは趣を異にしているかのようにも感じられるが、心の原風景ともいえるこれらの詩群で磨かれた詩の言葉こそが、後のより明確な詩法の根底に生きたと言えよう。時代は戦後十年ほどの闇、ハングリー精神と希望を模索する世の中、作者は二十代であった。斎藤彰吾氏を壮年後に知った人たちが最も新鮮に読むかもしれないのがこの詩集だ。青春期にこのような詩を書いていたのか、という人間的な親しみを呼ぶかもしれない。あるいは、現代詩として初めて読めば、この詩集が駆使している手法は、洋の東西で近現代に試みられてきた詩の王道に連なるものと読めるかもしれない。

それは夢と想像の力である。明快な筋を描くよりは、作者の心の深いところにうごめくさまざまな情景をそのまま表出し、作者自身が軽い驚きを覚えたかもしれないような深層意識が時代の現実世界と交錯しているのだ。いろいろな読後感があるだろうが、わたしは総じてここに切ないものを感じた。何かに焦がれ、何かにおののき、不安と願いの中で日々を生きながら、そこに迫ってくるヴィジョンのようなもの。戦争の影が濃厚なのも特徴だ。クールに現代詩の技法を用いてはいるが、濃密ににじんでいるのは野性的な情熱だろう。そこらへんの知性と野性味の混合具合が氏独特のものを生み出している。時代の中でひたむきに感じとる斎藤青年の詩の言葉は現代にも通ずるものをもっているだろう。恋愛もあれば宇宙の思いもあり、歴史への眼もある。

詩集の終わりの方に収録された詩「秋から冬へのサキソホーン」を全篇引用しよう。

秋から冬へのサキソホーン

鳴らせ　サキソホーン
こおろぎやかぶと虫の死のために
失った　みどり色の夢のため
葡萄園の新しい孤独のため
秋の斑日
二度目の若い自殺のため

重い冬空　集っている陰鬱
だあれもいない梢　石垣の外の人通り
風が　影をひきずってすべる
雲の靴が　フロシキになった
頭は　じとじとみぞれに沈み　凍った凍った凍った
放心の身で
僕は枯草のなか
眼をつむってしまった

よる　星が話していた
鳴らせ　鳴らせ　サキソホーン

枯草の中、星空へ旅をする青年は、岩手の先達詩人・宮沢賢治や石川啄木の心の系譜にも連なっているようだ。地球自然のうたを聴く中に、サックスという極めて現代音楽的なものが出てくる。青年の人生も、世界や社会のありようも、地球の上でそうして動いていくのだろう。

ちなみに、青年詩人であった氏を励ました存在に、村野四郎、真壁仁といった先達詩人がおり、村上昭夫は仲間だった。後に詩人になった同郷の人には相沢史郎もいた。皆亡くなってしまったが、いまから見るとそうそうたる現代詩人たちである。

以上の二冊『榛の木と夜明け』『イーハトーボの太陽』が既刊の単独詩集である。一九五七年と一九八一年の刊行であるから、この二冊への意気込みと歳月の凝縮度には並々ならぬものがあるが、当然、その後、現在に至る四十年近い詩作の歩みがある。生活語（方言）を活かした方へ氏は進んだ。

　それらの膨大な詩群の中から〈雑誌・アンソロジーなど発表詩篇〉として四十七篇収録されているのも読みごたえがある。四十年間と言えば、世の中も激動し、作者の年齢も上がっていくのであるが、ここに並べられると不思議と一貫したものが感じられて、あたかも一冊の新詩集のようである。

　既刊詩集二冊で用いられたさまざまな手法をいよいよ我がものとしてこなれたかたちで駆使し、現代の世相や社会、世界と平和の問題、三・一一、郷土・北上を深めたものなど、文字で読みながら朗読が聴こえてくるような口語体の親しみやすさが特長の一つとなっている。とりわけ、ユーモアと風刺が光る。

　その中から、北上ケーブルテレビで二〇一一年八月放映の「北上みちのく芸能まつり・トロッコ流しと花火の夕べ」で朗読された労作「北上川のトロッコ流詩《ながし》」を少し長いが全文引用しよう。

北上川のトロッコ流詩《ながし》

（鹿踊りの太鼓　Ⓐ）
天竺《てんじく》の岩崩《くず》れかかるとも
心静かに　遊べ友だち　遊べ友だち
（繰返す）

われは　国見山極楽寺《くにみさんごくらくじ》の不動明王《ふどうみようおう》
色黒く眼《まなこ》をむいた憤怒の形相にて
猛《たけ》る紅蓮《ぐれん》の炎《ほのお》の中
巨《おお》きな石の上に立っている
右手に悪魔をこらしめる剣《けん》を持ち
左手に悪魔を縛《しば》りつけるロープを持つ

こたびの千年に一度という天変地異の災害で
たちまち犠牲になったあまたの人たち
どこへ流されたのか分らないあまたの人たち
まことまこと極みの無念がこみあげてくる

こたびの千年に一度という天変地異
きっときっと縄文時代にもあったのだ
まことまことに　悲しや悲し
天地にひそむ悪魔どもよ
お前たちはことごとく去るがいい
消え失せろ　いかがわしい悪魔ども
見つけ次第　ことごとく焼き尽せ
人間の顔をしたいかがわしい悪魔どもを

われは国見山極楽寺の不動明王
猛ける紅蓮の炎の胸元から
使者《つかいのもの》コンガラやセイタカたち
八人の八大金剛童子《はちだいこんごうどうじ》を放つ

サンゴ橋の下
一万個のトロッコを流す四艘《よんそう》の舫《もや》い舟《ふね》
不動明王の聖なる火群《ほむら》が
トロッコに点火され
暗闇《くらやみ》の水面《みなも》をあかあかと照らし
八列に広がったトロッコが
ゆったりと流れてゆく。

明明《あかあか》と橙色《だいだいいろ》に
トロッコが北上川を流れてゆく
川面《かわも》いっぱいに
国見山極楽寺不動明王《くにみさんごくらくじふどうみようおう》の盆灯《ぼんとう》が流れてゆく
途方にくれたあの日から五カ月
ホタルのように群《む》れなして
トロッコがゆったりと流れてゆく
散歩するわたしたちの歩みと同じ速さで
流れゆく一万個のトロッコは

震災からの復興を祈っている
あの日　突っ立ったまま
涙に暮れたあなたが
えがおで手をあげてこちらに歩いてくる
三五〇年ほど前のむかし
川岸《かし》の衆《しゅう》が供養に始めたトロッコ流し*
明明《あかあか》と橙色《だいだいいろ》に川面《かわも》を照らし
黙々《もくもく》とトロッコが流れてゆく
やがて　天空をゆさぶってこだまする花火
天空を彩《いろど》る菊や牡丹《ぼたん》の花火を川面《かわも》に映して
聖なるトロッコの火は
流れゆく水とともに　いつまでも消えない
いつまでも　わたしたちのまなうらにある

（鹿踊りの太鼓　Ⓑ）
天竺の岩崩れかかるとも
心静かに　遊べ友達　遊べ友だち

（鹿踊りの太鼓　Ⓒ）

＊映像制作／北上ケーブルテレビ
ナレーション／遠藤修子・高橋吉信
平成23年8月8日（月）19時15分〜29分放映
北上みちのく芸能まつり・トロッコ流しと花火の夕べ

＊トロッコ…岩手県北上では灯ろうのことをトロッコと呼ぶ

東日本大震災の年の夏に読まれた詩である。北上川流域の土地の信仰を踏まえながら、人々が灯篭に託してきた鎮魂の思いを震災犠牲者追悼に重ねて静かに展開する。現代詩が土着の風土の中で読まれ、人々は深く傷ついた心を朗読詩に重ねて、生き続ける。斎藤彰吾氏ならではの語りの詩はさりげなく古代からの時空のつながりを想起させると同時に、不動明王の怒りというフィルターを通して、暗に原発のことや震災後の政治対応などを風刺もしているのだ。まさに、現代のアテルイ本領発揮である。

詩選集冒頭にはさらに、初の単独詩集からさかのぼること六年、一九五一年刊行の私家版三人詩集『首輪詩集』収録の斎藤彰吾氏の詩群十一篇が掲載されている。その詩世界は詩集『榛の木と夜明け』収録詩群に連なる詩風で、伝説の三羽がらすの一人だった十代の氏の旺盛な詩精神が息づいている。

同人誌「首輪」を共にしたこの三羽がらすの二人、渡辺眞吾氏、高橋昭八郎氏もまたそれぞれに現代詩の世界でその後も活躍してきたのだから、すごい。いまの高校生の中からそのような将来のビッグ・スリーが出てくるだろうか。出てきてほしいものだ。高橋昭八郎氏は残念ながら二〇一四年に亡くなったが、二〇一一年に刊行された斎藤彰吾詩論集『真なるバルバロイの詩想—北上からの文化史的証言』の巻末には、一九七一年に寺山修司が叫んだという「斎藤彰吾、出てこい!!」のエピソードを含む生き生きとしたエールを送っている。一方の渡辺眞吾氏はいまも健在・健筆である。

この記念碑的三人詩集から一篇、詩集『榛の木と夜明け』のラストにも再録された詩「埋没」を全篇引用しよう。

埋没

谷底深く藁屋根の部落を見た。水は遠く流れ、日はすでに西に傾いて、うすら寒い風は吠えるように野末をわたり、遠く亡びた者達を懐かしんでいた。

ぶよが肌についたまま離れない。

暗い丘の斜面では、今朝方からどよもす旗の波が寄せていたが、失ったものの夕闇が訪れると、溶けるようにそれは聞えなくなった。

腐ったえびの第三紀層。

あたり一面不気味な沈黙がながれ、変に不思議な臭いの中で、それを押しのけるかのようなざわめきが時々湧いた。

ざわめきは笑いや嗚咽ではなかった。

こんな時、部落民の土色の頬からは水晶のような涙がしたたった。太陽の落ちた蒼黒い空に星座のにぶい光が見えはじめたが、もはや人間の眼は再び空を向かなかった。


この詩を読んで思わずわたしは呟いてしまう。「恐るべき十代詩人誕生の瞬間だ。」

〈遠く亡びた者達〉の気配を感じとるこの感性の力量とでも呼びたくなるものはその後の氏の詩世界で縦横に展開されていく。〈部落民の土色の頬からは水晶のような涙がしたたった〉という時、作者は土着の深層に埋もれた大切なものをすでに我がこととして体感していたのだった。


バルバロイ、すなわち野蛮人という蔑称は、詩文学によって劇的にプラス側に逆転し、暴力的な進行に行きづまった中央集権的全体主義の文明をひっくり返す。生きた血潮に存在が跳躍して野を駆ける。新しい共生の世の中への人々の願いを担った歴史の逆説として、肯定的・先駆的に響いてくる詩想だ。

詩人・斎藤彰吾氏の詩世界はこの約七十年間、生きた命の声を届けてきた。その野性的で知的な詩の言葉の連なりは、この詩選集にまとめられたことによってしっかりとひろく、世に読まれていくだろう。そして、生涯現役の詩人として、氏はこれからも新作の詩を読ませてくれるだろう。

略歴

斎藤　彰吾（さいとう　しょうご）略歴

昭和七年（一九三二年）
岩手県北上市に生まれる。本名・省吾。

昭和二六年（一九五一年）
黒沢尻高等学校（現・黒沢尻北高校）卒業。
黒沢尻町役場（現・北上市）に職を得て、
以降、主に図書館・文化会館畑で働く。

昭和二九年（一九五四年）
大坪孝二氏らと岩手県詩人クラブを結成。

昭和五二年（一九七七年）
〜同五九年（一九八四年）
岩手県詩人クラブ会長。

昭和五五年（一九八〇年）
図書館の推奨で文部大臣賞。

昭和六二年（一九八七年）
『日本掌編小説秀作選　下　花暦篇』（光文社文庫・大西巨人編）に「勤め」「埋没」が収録される。

平成三年（一九九一年）
退職。

平成二五年（二〇一三年）
北上市芸術文化功労賞。

詩誌「首輪」「Là」「微塵」「化外」「堅香子」「新現代詩」などを経て現在、北上詩の会「ベン・ベ・ロコ」「辛夷」に所属。

岩手県詩人クラブ常任委員。

日本現代詩歌文学館運営協会評議員。

岩手県農村文化懇談会世話人。

北上平和フォーラム副会長。

日本現代詩人会、詩人会議、会員。

著書

詩集『首輪詩集』（渡辺眞吾、高橋昭八郎と合同）
『榛の木と夜明け』
『イーハトーボの太陽』
詩論集『真なるバルバロイの詩想―北上からの文化的証言（1953―2010）』
絵本『なりくんのだんぼーる』『お月お星』

編著

『戦没農民兵士の手紙』

現住所　〒〇二四-〇〇九四
岩手県北上市本通り四-五-二五

〈詩人のエッセイ〉

①山本衞エッセイ集『人が人らしく──人権一〇八話』　1,428円
②淺山泰美エッセイ集『京都　銀月アパートの桜』　1,428円
③下村和子エッセイ集『遊びへんろ』1,428円
④山口賀代子エッセイ集『離湖《はなれこ》』1,428円
⑤名古きよえエッセイ集『京都・お婆さんのいる風景』1,428円
⑥淺山泰美エッセイ集『京都　桜の縁《えに》し』1,428円
⑦中桐美和子エッセイ集『そして、愛』1,428円
⑧門田照子エッセイ集『ローランサンの橋』1,500円
⑨中村純エッセイ集『いのちの源流～愛し続ける者たちへ～』1,500円
⑩奥主榮エッセイ集『在り続けるものへ向けて』1,500円
⑪佐相憲一エッセイ集『バラードの時間―この世界には詩がある』1,500円
⑫矢城道子エッセイ集『春に生まれたような』1,500円
⑬堀田京子エッセイ集『旅は心のかけ橋―群馬・東京・台湾・独逸・米国の温もり』1,500円

石炭袋

コールサック詩文庫 18『斎藤彰吾詩選集一〇四篇』

2018 年 12 月 31 日　初版発行
著　者　斎藤彰吾
編　集　佐相憲一
発行者　鈴木比佐雄
発行所　株式会社 コールサック社
〒 173-0004　東京都板橋区板橋 2-63-4-209
電話 03-5944-3258　FAX 03-5944-3238
suzuki@coal-sack.com　http://www.coal-sack.com
郵便振替　00180-4-741802
印刷管理　（株）コールサック社　制作部

＊装丁　奥川はるみ

落丁本・乱丁本はお取り替えいたします。
ISBN978-4-86435-375-5　C1092　¥1500E